AF582869

Micaela

Teresa Aguilar Sánchez

ISBN: 978-84-09-62970-1
Depósito legal: MA 2231-2024

Diseño de cubierta y composición:
Mariana Eguaras - Consultoría Editorial

Para mis hijos

PRIMERA PARTE

1949

Micaela

Utilizó la mano izquierda para recogerse la falda, cuyos bajos estaban empapados a causa de los charcos, y con la derecha apretó aún más fuerte contra su pecho al bebé que llevaba en brazos. Su bebé, de apenas unas horas de vida. A cada paso que daba, una fuerte punzada de dolor le atravesaba el bajo vientre y podía notar las costras de sangre seca que se le acumulaban en la parte interna de los muslos. No podía respirar por la presión que la tristeza le provocaba en el pecho. Quería detenerse y dar media vuelta. ¿Y adónde iría? Siguió adelante. Las juntas de los adoquines eran invisibles como consecuencia del agua acumulada por la abundante lluvia de los últimos días y temía pisar mal y caerse. Debería aflojar el ritmo, pero le daba miedo que alguien se le acercara a preguntarle qué hacía en la calle a esas horas o, lo que era aún peor, no ser capaz de continuar. Sintió unas ganas terribles de tirarse al suelo, abandonarse y llorar. Se imaginó durante una breve fracción de segundo que sus lágrimas las envolvían a ella y a su bebé y que se fundían como una sola persona para siempre.

Se obligó a continuar, a no pensar. Tocaba actuar. Lo demás llegaría después; no sabía cuándo, pero llegaría.

Dobló la esquina que la llevaría hasta la puerta trasera de la Casa Cuna. A punto estuvo de pararse, pero no se podía permitir un momento de duda. No lloraría más. Ya habría tiempo. Apretó de nuevo a su bebé. ¿Se estaría precipitando? ¿De verdad la vida no les iba a dar una oportunidad? ¿Cómo podría vivir con ese dolor que la estaba matando?

Empujó la puerta. Sabía que no estaría cerrada con llave; de lo contrario, nada de lo que allí sucedía habría podido tener lugar. Una vez dentro, en la penumbra de una habitación alumbrada tan solo por la llama titilante de una vela, se permitió un último abrazo. No podía creer que ese ser tan hermoso y sano hubiera salido de su cuerpo.

—Quiero que sepas que siempre, siempre, te he querido. Desde el momento en que supe que crecías dentro de mí.

Colocó suavemente en el torno el cuerpecito bien envuelto en su toquilla y tocó el timbre de aviso a las monjas.

1948

—¡Micaelaaaaa! ¡Micaelaaaaa!

Su hermana la llamaba. Qué pesada. Ni en el río podía estar un rato tranquila a solas. Se haría la tonta. Se estaba tan bien ahí, tumbada al sol, escuchando el correr del agua y el canto de los pájaros. Había bajado con la excusa de regar las tomateras y los pimientos que plantaban en verano.

—¡Ay! —gritó al notar que un guijarro impactaba contra su costado—. ¿Qué haces? ¿Estás loca? Me has hecho daño —se quejó.

—Daño el que te va a hacer madre en cuanto te pille. ¡Que vienen los guardias!

Se puso en pie de un salto, no porque le hiciera caso a su hermana, Josefa, de once años, dos menos que ella, sino porque lo que le había dicho eran palabras mayores y sabía en qué estado de nervios se encontraría su madre.

Odiaba a los de la Benemérita. Llegaban y arrasaban con lo poco, muy poco, que tenían. No les daba escrúpulos comerse de una tacada lo que suponía el alimento para varios días de una familia entera. Y si encima decidían quedarse a dormir, a ella y a Josefa les tocaría hacerlo en el suelo, pues sus padres tendrían que cederles a los civiles el único colchón que tenían en la casa y ellos dormirían en el saco relleno de paja que compartían ambas hermanas.

Corrieron monte arriba y Micaela empezó a temer la ira de su madre. Llegaron asfixiadas a la puerta, apartaron de un manotazo la cortina que evitaba el paso del calor y las moscas y entraron al fresco que proporcionaban las paredes encaladas.

—¿Dónde estabas, Micaela? —le gritó su madre—. Ponte inmediatamente las medias —le ordenó sin darle la oportunidad de explicarse, lo cual agradeció.

Abrió la única puerta de la alacena que estaba destinada a la ropa de toda la familia. Revolvió lo poco que había dentro hasta que encontró las medias, negras y llenas de remiendos. Se las subió hasta los muslos y las sujetó con una desgastada goma elástica. Las odiaba. No entendía que tuviera que taparse las piernas cada vez que llegaba algún forastero a la casa. Era verano y hacía muchísimo calor. Hasta que tuvo el periodo por primera vez, siempre había ido por ahí con las piernas al aire. ¿Qué pasaba con sus hermanos, mayores que ella? ¿Qué diferencia había? Claro que sabía que ellos no tenían la regla, se lo había explicado su prima Encarna, pero ¿en qué momento de la vida de ellos se produciría un cambio que hiciera su existencia un poco más desagradable? ¿Nunca?

Enseguida se pusieron las tres a ordenar un poco la única sala de la casa, que servía tanto de cocina como de comedor y sala de costura. La vivienda era una de las siete partes en las que el abuelo paterno había dividido, para cada uno de sus hijos y sus respectivas familias, la que en su día había sido una majestuosa villa construida entre 1836 y 1838.

Para quien estuviera dispuesto a escucharla, Carmela, una de las hermanas del padre de Micaela, y que ocupaba una de las siete partes, contaba cada vez que tenía ocasión cómo se vivía en la «casa grande», como la llamaba ella, en tiempos de su máximo esplendor. A pesar de que solía omitir, añadir o variar algún detalle, Micaela se mostraba siempre dispuesta a escuchar lo que tuviera que contarle. Le gustaba imaginarse cómo habría sido vivir allí en esos tiempos de bonanza, rodeada de árboles frutales, fuentes y animales domésticos. Disfrutaba cuando cerraba los ojos y veía abrirse ante sí la puerta principal del caserón, a través de la cual se accedía a un gran recibidor del que partían dos magníficas escaleras por las que se subía a la primera planta.

Cierto era que la Guerra Civil había supuesto un mazazo económico para la familia, pero ojalá su abuelo, pensaba Micaela cada vez que abría los ojos y dejaba de soñar, no hubiera malgastado lo poco que les quedaba en borracheras y mujeres de mala vida —como se lamentaba su madre a menudo— cada vez que iba a la capital.

Ahora apenas si quedaba rastro de aquella grandeza, aparte de la silueta del edificio, en el que los seis grandes ventanales de la planta baja se habían convertido en puertas de acceso a seis de las siete estancias en las que se había dividido el interior. La séptima puerta era la principal, pero ya no servía de entrada a un gran recibidor, sino a una sala tan humilde como las demás. Al fondo de cada sala había una puerta que daba a la cuadra donde se guardaban las bestias. Gracias al calor que desprendían los animales, la planta superior de cada casa, a la que se accedía mediante una tosca escalera, se conservaba caliente en invierno. Ahí, cada familia dormía sobre unos sacos rellenos de una paja que provocaban unos picores insoportables. El único colchón, de existir, lo ocupaba el matrimonio.

En cuanto a los animales, ahora no había más que gatos y perros sueltos que comían lo poco que pillaban, aparte de los mulos que servían para llevar al pueblo la leña que cambiaban por harina o algo de comida y las gallinas ponedoras cuyos huevos cambiaban a veces por azúcar.

El padre de Micaela entró dándole un manotazo a la cortina. Hizo caso omiso de la presencia de sus hijas y se dirigió, visiblemente nervioso, a su mujer:

—¿Qué hay para cenar?

—Dos huevos y cuatro papas.

De eso disponían para la cena de esa noche seis personas: Micaela, su hermana, sus padres y sus dos hermanos, Rafael y Sebastián, de catorce y quince años, respectivamente, que a punto estarían de llegar de la capital, esperaban que con un poco de dinero —si es que les quedaba después de pagar el fielato al salir de la ciudad— y algo de comida que meter en su pobre despensa. Habían salido con el mulo cargado de leña mucho antes del amanecer porque les esperaban por delante varias horas de ida y otras tantas de vuelta.

—Prepara un guiso con eso y con los dos conejos que cacé esta mañana —ordenó el padre.

—Los dos conejos los íbamos a vender mañana para comprar leche y azúcar —rogó la madre.

Ellos nunca comían carne, no se lo podían permitir. Lo que cazaba el padre lo vendían para comprar alimentos como legumbres, arroz o papas, productos que se podían «estirar» más que un pequeño animal de caza.

—¡Haz lo que te digo! —Y salió.

Ellas sabían que el guiso sería la cena de los guardias civiles, quienes se lo comerían sin ningún tipo de remordimiento a pesar de que cinco pares de ojos hambrientos los estarían observando desde un rincón. Cinco porque los del padre no; al padre le permitirían compartir con ellos la mesa, apenas iluminada por un candil encendido con una mecha de trapo empapada en aceite usado. Eso sí, compartir la mesa no suponía compartir el guiso.

1990

Camilo Beltrán

Nunca había sabido qué sentía realmente por sus padres, si es que alguna vez había sentido algo aparte de indiferencia. Su padre fue uno de los arquitectos más importantes, si no el que más, del país. Entre sus múltiples proyectos, que él mismo se encargaba de enumerar a la más mínima ocasión y sin que nadie le preguntara, se encontraban el primer hotel de gran lujo de la capital y el edificio de la recién estrenada universidad de Económicas. Solía dar muestras a menudo de su egocentrismo y no dudaba en bostezar o mirar su carísimo reloj si la conversación no giraba en torno a él o su obra. Tenía un buen porte y vestía siempre de manera muy elegante, con trajes hechos a medida según la moda del momento, con chaleco y corbata a juego, que completaba con uno de sus muchos sombreros de fieltro.

La madre de Camilo había sido una señora de poca enjundia que pasaba desapercibida allá donde fuera. Su vestimenta no era, ni de lejos, acorde con la de su marido. No le interesaba la moda en absoluto, y si de ella hubiese dependido, se habría pasado la mayor parte de su vida con ropa cómoda en la tranquilidad de su casa. Su actividad, además de manejar los asuntos hogareños, se limitaba a acudir a los actos sociales de los que no podía librarse y a leer todas y cada una de las publicaciones de Corín Tellado. Solía encerrarse en su habitación con la excusa de un terrible dolor de cabeza, pero todos sabían en la casa que lo hacía para devorar las novelitas que escondía debajo del colchón, desde *Atrevida apuesta* hasta *La isla dorada*, *Incomprensión, Era el amor* o *Diablillo*. Los ejemplares estaban muy desgastados y sabía que sus sirvientas los cogían para leerlos cuando ella no estaba, pero nunca dijo nada.

Camilo sospechaba que se perdía en esas historias románticas para evadirse de la falta de pasión en su matrimonio. Si él sabía de las múltiples amantes de su padre porque era un tema recurrente en los círculos de la más alta sociedad, era imposible que no hubiera llegado a oídos de su madre. Sin duda, y no lo criticaba, sería un alivio para ella sentirse libre de las demandas sexuales de su marido, seguramente exentas de todo romanticismo.

Alguna vez se preguntó Camilo cómo de diferente habría sido su vida de no haber sido hijo único, y aunque debía reconocer que en algunos momentos echó de menos un mínimo de atención por parte de sus padres, estaba bien así, disfrutando de una vida cómoda y sin preocupaciones.

Sus vacaciones escolares transcurrían entre la impresionante casa familiar de veraneo —un enorme chalé de dos plantas con jardín y piscina en un gran terreno rodeado por una valla cubierta de enredaderas entre las que se ocultaba una puerta con acceso directo a la playa—, a la que se desplazaban en su flamante Mercedes-Benz, y el club de tenis, donde más que a jugar, la gente iba a dejarse ver y pavonear.

En el verano de sus quince años, su padre lo llevó por primera vez a un burdel. «Ya es hora de que te hagas un hombre», le dijo. Recordaba el miedo que había sentido porque no sabía si estaría a la altura, pero, por supuesto, eso era algo que no podía hablar con su progenitor. Tenía grabado a fuego en la memoria y con todo detalle el gran día, y le gustaba recordarlo a menudo. Fue tanto el placer de la experiencia que no pocas veces se había masturbado mientras lo recordaba.

La noche en cuestión, habían llegado en taxi hasta una de las esquinas de la principal arteria de la ciudad. Camilo conocía esa zona tan céntrica porque había pasado por allí con sus amigos camino del cine en multitud de ocasiones. Les gustaba observar a las prostitutas que se apoyaban contra las paredes de los edificios mientras hacían girar sus pequeños bolsos y ofrecían sus servicios a todo el que pasaba.

Camilo y su padre caminaron unos metros y llegaron hasta un portal que no se diferenciaba en nada de los del resto de la calle. Entraron y saludaron al portero, que no les preguntó adónde iban. Subieron a pie hasta el primer piso y llamaron a la puerta. Les abrió una señora que a Camilo le pareció muy mayor pero que no debía de tener más de treinta años. Saludó a su padre con dos besos y a él, con un apretón de manos. Llevaba una bata negra con ribetes de plumas atàda a la cintura con una lazada lo suficientemente floja como para que la prenda quedara entreabierta para mostrar las abundantes carnes que se escondían tras las telas. A continuación, a través de una tupida cortina negra, pasaron a un gran salón en cuyo centro se hallaba un sofá redondo tapizado de terciopelo rojo y rematado con botones del mismo color. Vio a algunas chicas, todas muy jóvenes y cubiertas apenas por sugerentes corsés, sentadas en el sofá, y a otras, de pie o en una silla, en posición provocadora. Sin más preámbulos, su padre le dijo que eligiera, y él, olvidado por completo el miedo inicial, así lo hizo.

A partir de ahí, y durante toda su vida, los prostíbulos se convertirían en un lugar habitual para él. No solamente aprendió a disfrutar y a hacer disfrutar, sino que, a base de experimentar, llegó a las cotas más altas de placer y dolor que el cuerpo humano puede soportar.

Al igual que no tenía otra opción que la de dedicarse a la arquitectura —no le dejarían elegir y tampoco es que tuviera vocación por nada—, sabía que tendría que casarse algún día, aunque no tenía intención, al igual que había hecho su padre, de privarse de sus correrías. La candidata elegida fue Estrella, un buen partido —su padre era director de banca—. La conoció en el club de tenis, y aunque no podía decir que se había enamorado de ella, tenía buenas piernas y pensaba que la podría educar en la cama.

Nunca compartió sus secretos sexuales con nadie, ni siquiera con sus amigos. Sabía que no lo comprenderían y tampoco tenía intención de hacérselo entender. Con ellos disfrutaba de otros placeres de la vida, como el cine o el fútbol. Se conocían desde pequeños porque sus padres se movían en los mismos círculos sociales y se llevaban bien: Mateo era muy echado para adelante (solía llevar pegado a un primo suyo llamado Rodrigo que pecaba de prudente), Tomás era simpatiquísimo y volvía locas a todas las chicas y Agustín era un tanto retraído. Todos eran muy diferentes entre sí, pero se complementaban a la perfección, hasta aquella maldita noche de 1949.

—¡Estoy hasta las narices del teléfono! —le gritó Camilo a su secretaria a través del auricular.

—Si quiere, le puedo decir que está ocupado —respondió la empleada desde el otro lado de la pared al tiempo que le hacía una peineta con la mano que tenía oculta bajo la mesa.

—¡Pues dígaselo y deje de molestarme!

No podía más. Estaba rodeado de inútiles. Él tenía cosas muchísimo más importantes de las que ocuparse que atender una llamada del gerente de Urbanismo. Era dueño de uno de los estudios de arquitectura más importantes del país y él decidía a quién atendía y a quién no. ¿Quién se creía ese que era para molestarle? ¿No habían cerrado ya el acuerdo y le había pagado lo pactado? Pues estaba muy equivocado si pensaba pedirle más dinero a cambio de favores.

Esta noche no iría a su casa a dormir. No soportaba a sus hijos. Otros inútiles. ¿Qué había hecho él para merecerlos? ¿Sería un castigo por lo de su mujer? No había sido culpa suya. Él solo tenía unos gustos sexuales un poco… particulares, y ella había accedido una vez más. No había salido la cosa como esperaba y ahora ella se encontraba en coma postrada en una cama medicalizada en su propia casa. Falta de oxígeno en el cerebro, al parecer. Suerte haber contado con tantos y tan buenos —y tan bien comprados— amigos, que habían hecho posible que no salieran a la luz sus intimidades más inconfesables.

Llamaría a Soledad, una de sus muchas amantes. Sí, eso haría.

—Soledad, soy yo. Estaré allí a las nueve. Prepáralo todo porque esta noche vas a llorar suplicándome que te desate.

Solo de imaginárselo, empezó a tener una erección. No iba a desaprovecharla, así que se dispuso a bajarse los pantalones.

1948

Micaela culpaba a su padre de que los guardias civiles estuvieran cenando en su mesa lo poco que tenían para ellos mismos. Podrían haber elegido cualquiera de las otras seis casas, pero no. Él, y solo él, tenía la culpa de esta situación.

Le producía náuseas verlo cuando les hablaba, casi babeando. Sus tíos los miraban asustados, con ojos huidizos, y los evitaban en la medida de lo posible. Su padre no. Su padre se les acercaba en cuanto asomaban por el camino y les ofrecía su casa y la poca comida que tenían, la suya y la de su mujer y sus hijos.

Y cómo los miraba. Nunca lo había visto mirar así a ninguno de ellos. Nunca les había dirigido una sonrisa. ¿Qué habría visto su madre en él? ¿Eran así todos los matrimonios? Por lo que ella había observado, sí, pero su prima Encarna, que servía en casa de unos señoritos en el pueblo, le había dicho que no, que allí el marido siempre besaba en la mejilla a su mujer cuando volvía del trabajo. No sabía si creerla o no, pero si era así y alguna vez se casaba, Micaela quería un marido que la besara en la mejilla.

A la mañana siguiente, su madre se levantó mucho antes de que amaneciera. Micaela la observó desde el suelo, donde su hermana se apretaba contra ella. Seguramente, iría a ver si alguna de sus cuñadas le podía prestar un poco de café para el desayuno de los guardias. El café era caro, así que normalmente tenían que conformarse con cebada tostada. «Con un poco de suerte, madre no encontrará a nadie que tenga café y los civiles tendrán que conformarse con la cebada. Y ojalá les siente mal», pensó Micaela. Como descubriría más tarde, para su propio regocijo, hubo suerte.

Con la panza llena, el tricornio encasquetado y la correa portafusil al hombro, los beneméritos se dirigieron a su padre para darle la mano y agradecerle su hospitalidad mientras ella, su madre y sus hermanos permanecían de pie en la sala a la espera de que se marcharan de una vez para poder compartir entre ellos el poco pan que habían dejado. Micaela no podía dejar de sentir asco por la situación.

De camino a la puerta para marcharse, y sin que nadie se lo esperara, uno de ellos se le acercó y le retiró un mechón de pelo de la cara.

—Vaya, vaya, vaya. Mirad lo que tenemos aquí. —Se relamió dirigiendo su mirada hacia los pezones que, erguidos, se marcaban en la fina tela de su vestido.

Micaela dio un paso atrás al tiempo que su madre hacía el amago de dar uno adelante. Las náuseas a esa altura eran insoportables y temía no poder contenerse. Ojalá le hubiera hecho caso a su madre y se hubiera puesto el sostén que había heredado de una de sus tías, no recordaba de cuál, pero le apretaba y le daba demasiado calor.

—Volveremos.

1990

Mateo Amado

Ya había sido mala suerte ser el único hijo varón y el primogénito. Estuvo predestinado a ingresar en el seminario. En su familia paterna, sucedía así desde hacía generaciones. Ni siquiera el argumento de que se perdería el apellido familiar por mucho que sus dos hermanas tuvieran descendencia sirvió para que sus padres, profundamente religiosos y con un enorme sentido del deber —siempre que no se atentara contra el honor de su familia—, se plantearan ni por un segundo la posibilidad de no seguir con la tradición.

Era una lástima que hubiera acabado la Guerra Civil hacía unos años, porque podría haberse alistado y haber buscado, entretanto, la forma de escapar de esa costumbre arcaica y absurda.

No es que no quisiera dedicar su vida a la Iglesia porque tuviera intención de formar una familia ni nada por el estilo, pero no quería privarse de su modo de vida, que, sin ser excesivamente emocionante, le daba una libertad que sabía que acabaría perdiendo. Le gustaba disfrutar de las correrías con sus amigos y temía que, una vez ordenado sacerdote, lo enviaran lejos y acabaran por perder el contacto.

Le preocupaba cómo sería la experiencia de vivir en «un lugar donde se revive la experiencia que vivieron los apóstoles durante la vida pública de Jesús, en la que los fue formando hasta Pentecostés para la vida apostólica», como había escuchado en su casa hasta la saciedad desde que tuvo uso de razón.

Él iría a un seminario de los llamados «menores» para jóvenes con signos de vocación, signos que él no había manifestado nunca. Además, no estaba seguro de poder aguantar las largas jornadas de oración, estudio y vida fraterna.

La noche anterior a su ingreso, con diecisiete años, les hizo prometer a sus amigos Camilo, Tomás y Agustín que las cosas no cambiarían entre ellos y que se seguirían viendo al menos durante las vacaciones escolares.

Ya en el seminario, desde el momento en que lo vio por primera vez, el padre Bartolomé le dio mala espina. No le gustaba su mirada y le repugnaban sus dientes amarillos. Odiaba cómo acercaba su cara a la suya y le hablaba con su fétido aliento. Notaba constantemente su sucia mirada sobre él, daba igual que estuvieran en clase de Teología, asignatura que impartía el sacerdote, como en el comedor o en la hora de descanso en el patio. Su altura imponía y, a pesar de la sotana, se adivinaban sus carnes fofas.

Sus compañeros de clase no eran ajenos al interés que Mateo despertaba en el padre, y así se lo hicieron saber, pero él, lejos de escuchar sus consejos para que lo evitara en lo posible, intentaría sacar beneficio de la fijación que parecía tener por él. Por ello, decidió acceder a lo que sabía buscaba el sacerdote porque, por extraño que le pareciera en un principio, se sintió atraído por lo desconocido.

Lo que nunca pudo imaginar fue el dolor indescriptible, el desgarro… Aun así, una vez pasado y superado el sentimiento de abuso, aun habiendo sido consentido, decidió sacar el máximo partido. Él no estaba allí por vocación y no tenía por qué atenerse a imposición alguna. Además, sabía que llegaría el momento en que podría ser él el abusador. Quería saber qué se sentía; sí, quería estar al otro lado.

Cerró la puerta de la sacristía, se quitó la casulla, el cíngulo —para alivio de su abultada panza—, la estola y el alba, por ese orden, y fue colocándolos cuidadosamente sobre la cajonera. El sacristán no tardaría en llegar para guardarlo todo como debía.

Miró a su alrededor, satisfecho. Por fin una feligresía a su altura. Los últimos años en ese maldito pueblo perdido en la sierra cordobesa habían sido un martirio para él. Era incomprensible que lo hubieran enviado allí. Al fin y al cabo, ¿quién estaba libre de todo pecado? Por fortuna, se había redimido —a ojos de los demás— y había conseguido el puesto de párroco que tanto había deseado en la parroquia de uno de los mejores barrios de la capital.

Debía reconocer que había tenido suerte, eso era cierto. No todos los curas pertenecían a una familia de alta alcurnia como la suya. Los progenitores de aquel pobre chiquillo habían aceptado la generosa cantidad de dinero que les habían ofrecido. No es que pensara de ellos que eran malos padres por haberla aceptado a cambio de no seguir adelante con la denuncia. Era comprensible después de todas las explicaciones por parte de los abogados de la familia Amado sobre lo que les supondría seguir adelante: tiempo, dinero del que —se les recordó— no disponían, un posible trauma del niño por tener que revivir ciertas «circunstancias» o que lo señalaran con el dedo de por vida. Además, ¿a quién iban a creer, a un niño de una de las peores zonas de la ciudad o a un respetable clérigo? Sí, esos padres habían hecho lo mejor, sin duda.

1948

—Te digo que ya está decidido. El domingo te vas con tu prima Encarna hasta el pueblo y allí coges el autobús que va a la capital —repitió con enfado.

—Pero, madre, ¿qué dice usted? ¿Por qué? —sollozó Micaela.

Estaban sentadas en unas sillas de enea zurciendo lo que alguna vez habían sido unas prendas decentes. Su madre la miró con una dura expresión que no dejaba entrever si sentía algún tipo de lástima o compasión por su hija.

—Micaela, esto es lo que hay. Vas a cumplir catorce años y ya es hora de que te pongas a servir. Aquí no hay comida para tantas bocas y nos vendrá muy bien el dinero que te van a pagar —sentenció. Ojalá no fuera así y pudiera quedarse con ellos para siempre, pero no podía ser. No iba a consentir que ese guardia civil malnacido intentara siquiera volver a ponerle un ojo encima a su hija. Tenía que irse ya, cuanto antes.

—Pero el domingo es pasado mañana. No me puedo ir pasado mañana. Ni nunca. Yo me quiero quedar aquí, con Josefa —suplicó.

—¡Se acabó! En cuanto acabes con esto, bajas al río a lavar la camisa de tu padre y a recoger los trapos que tendí esta mañana en las cañas.

La tarde anterior se había pasado a despedirse de sus tíos y sus primos. Su tía Carmela fue la única que lloró. No es que esperara alguna muestra de cariño por parte de los demás, pero, aun así, no pudo dejar de sentir que les importaba muy poco o nada lo que fuera a ser de ella, a pesar de que, en el fondo, sabía que no era verdad. Simplemente, no sabían cómo expresar sus sentimientos.

Ahora, en el centro de la sala de su casa, delante de sus padres y de sus hermanos, con una pequeña maleta de cartón que no sabía de dónde había sacado su madre, no pudo evitar convertirse en un mar de lágrimas. ¿Adónde iba exactamente? ¿A qué clase de familia serviría? ¿Cuánto tiempo pasaría antes de poder volver? Su hermana empezó a llorar a la par que ella.

—Ya está bien —gruñó el padre.

Salieron todos de la casa. Fuera, desde la sombra de la parra, Encarna, que de camino de vuelta a su trabajo la acompañaría hasta la parada del autobús en el pueblo, le sonrió:

—Prima, nos vamos cuando quieras.

Micaela se volvió hacia los suyos. Sus hermanos le tocaron el hombro, el mayor gesto de aprecio que habían tenido hacia ella hasta la fecha, pero no los culpaba. Nunca se habían visto en su casa muestras de cariño. Su hermana se le abalanzó al cuello sin poder contener apenas los hipidos que le subían desde el pecho. La apartó con ternura.

—Cuídate, Josefa, y no te preocupes por mí. Seguro que voy a trabajar para una familia que me tratará bien. Y te buscaré una buena para ti para cuando llegue tu momento.

A continuación, miró a sus padres. Su madre hizo ademán de abrazarla, pero sus manos se detuvieron en las mangas del vestido que llevaba puesto, regalado y demasiado grande para ella, y se las enderezó. Notó el ligero roce de las manos maternas y le volvieron las ganas de llorar. Notó la mirada de su padre:

—Arreando, que se hace tarde.

1990

Rodrigo Balboa

Siempre había sido muy tímido y retraído, no sabía si por haberse criado rodeado de mujeres o por el exceso de protección por parte de su madre. Su único hermano, Fermín, un año menor que él, había muerto cuando tenía solo tres por fiebres de Malta. Tanto sus padres como los médicos que lo atendieron culparon a la leche de cabra que su niñera le había dado una tarde para merendar. En cuanto el niño enfermó y se conocieron los motivos, echaron a su cuidadora de golpe y porrazo a la calle con lo puesto, lo que sorprendió bastante a todos porque, si por algo destacaba precisamente el matrimonio, era por sus buenas obras y su compasión hacia los demás, pero esto fue, lógicamente, demasiado para ellos.

Los padres de Rodrigo entraron en una profunda depresión y se volcaron por completo en él. No lo dejaban ni a sol ni a sombra y se mostraban obsesionados con cualquier cosa que comía o bebía. El ambiente de la casa se entristeció y nadie se atrevía siquiera a sonreír, algo completamente antinatural teniendo en cuenta la presencia de un niño de solo cuatro años. Al año de morir Fermín, al padre le «dio un aire», como escuchó Rodrigo decir a una de las sirvientas de la familia, y murió al poco tiempo de un infarto mientras se dirigía a su fábrica de zapatos.

Fue el colmo de todos los males y provocó que su viuda se convenciera de que su familia estaba penando por algún pecado cometido del que no eran conscientes, pues eran gente de bien que no dudaba en ayudar al prójimo en todo lo que podían y siempre se habían mostrado muy generosos en sus aportaciones al cepillo de la iglesia.

Rodrigo creció con miedos impuestos, convencido de que cualquier mal gesto o comportamiento los podría llevar a él o a su madre a una desgracia segura. Con gusto se matriculó en una escuela de enseñanza religiosa donde, sin duda, le indicarían el buen camino que debía seguir durante toda su vida.

Enseguida se acostumbró al crucifijo, al cuadro de la Inmaculada y al retrato del Caudillo que colgaban de las paredes de su aula. Le agradaba comenzar la jornada lectiva con el rezo del padrenuestro y que todo el alumnado saludara con un «Ave María Purísima» al entrar a clase y todos respondieran «sin pecado concebida». Le producía una paz en el espíritu que le duraba todo el día.

Su asignatura preferida era, sin duda, Formación del Espíritu Nacional o FEN, como se la llamaba habitualmente para abreviar, principalmente porque era fácil de aprobar, pensamiento que debía de ser pecado por agradecer la falta de esfuerzo y que compensaba con una doble sesión de rezos por las noches.

Todos los domingos, sin excepción, asistía a misa con su madre —correctamente ataviada de negro, por el luto que adoptó después de la muerte de Fermín y que ya no abandonaría, y con un velo que le ocultaba el rostro, como debía ser— y no se perdían ninguna procesión religiosa. Solían coincidir en el templo cristiano con sus tíos —su tía era hermana de su madre— y sus primos. Después del acto religioso y de felicitar al señor cura por la homilía, se dirigían todos juntos hasta la alameda cercana para pasear entre puestos de flores, almendras fritas con sal y buñuelos de viento.

Normalmente, su tío se acercaba hasta uno de los quioscos que había en el paseo para encontrarse con algún amigo o conocido, tomarse el vermú de la mañana y comentar las últimas novedades sobre fútbol; la madre de Rodrigo y la hermana de esta daban un paseo cogidas del brazo, sus primas se reunían con sus amigas para cuchichear entre risas y él se quedaba a solas con su primo Mateo, algo que no le agradaba especialmente.

No le gustaba que su primo, destinado a la vida religiosa, hablara tanto y tan mal de la Iglesia, una institución a la que pertenecería no dentro de mucho. Siempre que se veían, sobre lo único que hablaba era de mujeres y de verbenas, de lo bien que se lo pasarían si iban a alguna juntos. Con la esperanza de que lo dejara en paz, accedió por fin a acompañarlo un día con permiso de su madre, quien, para su sorpresa, se lo concedió, no sin antes recordarle que confiaba en él a pesar de que, según ella, la juventud se hallaba bastante relajada en materia de costumbres y moralidad.

Se sentía nervioso porque sabía que en la plaza pública no estaba permitido el baile agarrado por su carácter exótico e indecoroso, reñido con las normas de la moral católica, y no estaba seguro de que su primo se atuviera a esa prohibición.

A pesar de sus temores, nunca se imaginó que tuviera que agradecerle alguna vez algo a su primo, pues gracias a él, en la única verbena a la que acudieron juntos, conoció a Nuria, la que se convertiría en su mujer años más tarde. Mateo se había acercado sin ningún tipo de pudor a un grupo de chicas que se reían a carcajadas en un rincón de la plaza. Que se rieran de aquella forma no agradó a Rodrigo, a quien le habían enseñado en casa y en el colegio que una de las «cosas feas» en materia de urbanidad era reír fuerte.

No recordaba cómo ni en qué momento Mateo desapareció detrás de unos arbustos con una de las chicas y una de las amigas se acercó tímidamente a él. Le dijo que estaba allí un poco en contra de su voluntad porque no le gustaban los jaleos, pero que le había tocado hacer de carabina de una de sus hermanas. Rodrigo cayó desde ese momento, y para siempre, rendido a sus pies.

—Claro que sí, vida mía, allí estaré. Ah, acuérdate de que llevo el postre. María ha hecho natillas. Un beso. —Colgó.

Adoraba a su hija y a sus nietos. Hoy, como cada domingo, almorzaría con ellos. Le daban la vida desde que enviudó hacía ya tres años. Añoraba muchísimo a Nuria, su compañera de vida durante más de cuatro décadas. Maldito cáncer de mama. A pesar de las revisiones anuales, no lo habían detectado a tiempo.

Desde el primer momento, se volcó en ella y dejó a un lado la gestión de la fábrica de zapatos, que puso en manos de sus hombres de confianza. Nadie la habría cuidado como lo había hecho él, secando sus lágrimas, limpiando sus vómitos, velando su cama... Entendió desde el primer momento que esa enfermedad era en realidad un castigo para él, un castigo que, sin duda, merecía.

Debía de haber algo que no estaba haciendo bien. ¿Quizás no eran suficientes las autoflagelaciones diarias? Las aumentaría en número. Suerte del cuartito que se había hecho construir en el sótano con la excusa de montar una pequeña bodega para sus selectos vinos. Allí resultaba imposible que nadie de la casa escuchara los latigazos y sus gemidos. En cuanto a Nuria, la había hecho creer que no soportaba que nadie lo viera desnudo. Y con respecto al sagrado acto marital, la había convencido de que, cuanto más desnudos, más impuro el acto, excusa que le sirvió para conservar puesta la parte superior del pijama.

Pero no era suficiente, nunca sería suficiente. Se dispuso a salir de camino a la casa de su hija con las natillas de María, su fiel sirvienta, en una mano y los zapatos en la otra. Iría andando. Se detuvo un momento ante el parterre que bordeaba el sendero que llevaba a través del jardín hasta el portón de salida a la calle y cogió algunas piedrecitas no sin asegurarse primero de que fueran lo suficientemente puntiagudas. Las metió en los zapatos y se calzó.

1948

Micaela se detuvo frente al portal, nerviosa. Durante el camino desde su casa hasta el pueblo, diez kilómetros que habían hecho a pie con la maleta a cuestas, Encarna le había asegurado que la familia a la que iba a servir se portaría muy bien con ella. La dueña de la casa era prima segunda de la señora a la que ella misma servía, y esta le había hablado maravillas de ella.

Miró el papelito empapado por el sudor de las manos en el que llevaba apuntada la dirección, que ella misma había escrito con orgullo. Ni ella ni sus hermanos habían ido nunca al colegio. Una tarde a la semana, pasaba por la «casa grande» el maestro Soya. En realidad, no era maestro, algo que todos sabían y todos callaban, pero era lo más parecido a una escuela que se podían permitir. El maestro iba de casa en casa y daba clases de letras, números y mapas a la chiquillería de las casas que estaban más o menos alejadas del pueblo. Allí donde le pillaba la noche, le ofrecían un plato de comida caliente y un rincón donde dormir. Él, a cambio, no cobraba esa última clase del día; por cada una de las demás, se ganaba una peseta.

No a todos los niños les gustaba su visita, y a más de uno había que sacarlo a palos de su escondrijo para que acudiera a escuchar al profesor, al que preparaban una mesa al fresco o al calor de la lumbre, según la estación, para que impartiera sus clases a gusto. La natural capacidad de Micaela le había permitido aprender a leer, a sumar y a escribir en muy poco tiempo, y era incluso capaz de recitar al menos quince de las —a veces veinte a veces treinta, en función de la cantidad de vino ingerido por el maestro— provincias españolas.

Por fin se decidió a poner un pie en el escalón del espléndido portal. Frente a ella, sobre un brillante suelo de losas blancas y negras intercaladas, se alzaba una amplia escalera de mármol con un hermoso pasamanos de madera tallada. A la izquierda, vio un elevador rodeado por una especie de malla metálica que se alargaba hacia arriba sin que, desde su posición, pudiera ver el final, y a la derecha, una puerta y una especie de ventanuco por el que asomaba una cabeza de pelo cano.

—Buenas tardes —saludó.

—A las buenas tardes. Tú dirás. —La cabeza se alzó y Micaela pudo ver un rostro amable con ojos compasivos cuyas pestañas casi rozaban unas cejas pobladas como nunca había visto.

—¿Vive aquí la familia De Paula?

—¿Quién pregunta?

—La nueva sirvienta de los señores. Micaela Godoy Ríos, para servirle.

—Ah, sí, me habían avisado de que vendrías. A mí puedes llamarme don Julián. Un momento.

Sacó de algún lugar un cuaderno en el que, según pudo comprobar Micaela alargando el cuello, escribió su nombre y sus apellidos.

—Perdone la curiosidad. ¿Por qué ha escrito mi nombre en el cuaderno?

—Órdenes de la casa. Tengo que apuntar aquí a todo el que entra en la finca. Por seguridad, dicen los dueños. Si por caso alguna vez alguien robara, sabrían quién ha estado merodeando por el edificio. —En este punto, le indicó con un dedo que se acercara, y bajó un poco la voz—. Entre tú y yo, para mí que esto no es más que una excusa para estar al corriente de quién visita a quién y para asegurarse de que las criadas no introducen a los pretendientes a escondidas mientras los señores están fuera. No por nada las señoras me piden cada dos o tres días que les muestre el cuaderno para comprobar cualquier cosa cuando lo que hacen en realidad es revisar las visitas de los demás. Mucha envidia es lo que hay aquí.

—¿Quién es? —demandó una voz chillona de mujer a la espalda del portero.

—¡Nadie! —gritó él—. Mi parienta. Luego tendré que contarle quién eres y ya no dejará de darme la brasa para que le cuente en lo que queda de tarde.

Al salir del elevador, en la segunda planta, la primera puerta a la derecha; la de la izquierda es la entrada de los señores.

1990

Tomás de las Canteras

Le gustaba ser hijo único y el centro de las miradas de todo aquel con el que se cruzara. Era guapo, muy guapo. Su madre se encargaba de recordárselo a diario: «Pero qué guapo eres, hijo mío. ¿Se puede ser más guapo? Si es que no se puede ser más guapo. Ay, ¡qué mala pécora te alejará de mí! Cualquier día te como la cara, ¡te la como!».

Sus padres se habían conocido cuando ella servía en la casa de la familia de uno de los mejores amigos de él. Lo habían vuelto loco su pelo, sus caderas, sus andares y su espontaneidad. Ella, aconsejada por sus amigas, había tardado un tiempo en caer definitivamente en sus redes porque no se fiaba de él. No era posible que, siendo tan atractivo y teniendo acceso a cualquier chica de su entorno social, se hubiera fijado en ella sin ninguna mala intención por su parte. Pero se equivocaba: él estaba, y lo estaría eternamente, enamorado de ella.

Su pasión siempre fue muy intensa, y Tomás y todos los de la casa se habían acostumbrado a sus risas y miradas cómplices, a sus besos y abrazos en público y al sonido del pestillo de su habitación a la hora de la siesta.

Su madre llevaba consigo su alegría natural allá donde fuera. No hacía caso de las miradas escandalizadas de las señoras —que nunca la habían considerado una igual por su procedencia— con las que coincidía en las villas de campo o en las monterías cuando acompañaba a su marido, obligado por sus negocios. Ella disfrutaba de los gestos de escándalo que provocaba porque sabía que, en el fondo, no se trataba más que de envidia por parte de unas pobres amargadas. Le gustaba ser ella misma y nunca seguía los preceptos de la moda, así que era normal verla en elegantes fiestas con la melena suelta a la que prendía alguna flor recién cogida y un vestido ligero y vaporoso que nada tenía que ver con las imposiciones de cabellos perfectamente peinados y trajes con cintura marcada.

Tomás se divertía muchísimo con sus padres y los admiraba aún más si cabía cada vez que visitaba a algunos de sus amigos del colegio, donde la relación de los progenitores de estos, totalmente conservadora, nada tenía que ver con la de los suyos. Tenía muy claro qué modelo de matrimonio prefería si alguna vez se casaba.

Los tres habían recorrido juntos España en coche. A pesar de que podrían haberse permitido cualquier tipo de lujos, desde aviones a hoteles de la más alta categoría, preferían recorrer las carreteras del país y detenerse donde les apeteciera, en cualquier aldea perdida donde degustar la comida casera del lugar. A veces, se decidían a pasar la noche al aire libre, en un prado sobre la hierba con una manta que hacía las veces de colchón y con otra bajo la que se cobijaban del fresco. Por mucho que les explicara a sus amigos qué sensaciones se producían en él durante esos viajes, no serían capaces de imaginarlo a menos que lo vivieran ellos mismos.

A pesar de una vida tan aparentemente idílica, Tomás era consciente de que una nube oscura se cernía sobre las actividades empresariales de su padre, y no solo porque hubiera escuchado por accidente hablar de ello al chófer de la familia una tarde a punto de entrar en la cocina a robar algunas de las deliciosas galletas de la cocinera, sino porque también había visto a su propio padre al teléfono dando extrañas instrucciones bastante enfadado, algo muy poco habitual en él.

Sabía que, como hijo único que era, algún día heredaría los negocios de la familia, así que decidió estar atento a todo lo que sucediera a su alrededor para estar al corriente. Nada de ello podía hablarlo con sus padres, pues estaba seguro de que negarían cualquier tipo de sospecha; además, dudaba de que su madre estuviera al tanto. Así, aun a riesgo de que lo pillaran, empezó a escuchar detrás de la puerta cada vez que su padre se encerraba en su despacho a hablar por teléfono o recibía visitas que eran desconocidas para Tomás. También empezó a colarse por las noches a hurtadillas en su despacho para ojear los documentos que, en carpetas ordenadas, guardaba su padre en una especie de mueble archivador.

No tardó en descubrir que las obras de arte —desde cuadros hasta retablos o esculturas—, las joyas antiguas —a las que, según pudo comprobar, les borraban cualquier inscripción que tuvieran para que, una vez en el mercado, nadie les pudiera seguir la pista— y los libros de edición única o limitada que su padre vendía procedían, en muchos casos, de los expolios efectuados a personas contrarias al régimen desde el final de la guerra. Su padre lo compraba todo a precios muy bajos y lo vendía por hasta mil veces su precio de adquisición. Luego invertía parte del beneficio para seguir adquiriendo obras —algunas legalmente para poder justificar su nivel de ingresos— y vendiéndolas muy por encima de su valor de mercado. Siempre había quien se dejaba engañar por un hombre atractivo con un excelente don de la palabra.

Tomás no le habló jamás a nadie de su hallazgo y optó por el camino fácil: estudiar y prepararse para seguir algún día con la gestión del patrimonio familiar. Al fin y al cabo, los tiempos de la posguerra no estaban siendo fáciles para nadie, ¿no?

Salió de la ducha, se secó superficialmente y se envolvió las caderas con la toalla. En cuanto desayunara, se tomaría otra aspirina. Debería dejar de salir por las noches entre semana. Se miró en el espejo y se pasó los dedos por entre los cabellos, que empezaban a clarear por algunas zonas.

Le costó decidir qué traje ponerse. Seguramente pasaría por el club de golf después de las citas del día y no quería desentonar. Para él, la imagen era muy importante. De ella dependía no solo que los demás lo envidiaran, sino también, y lo más importante, que «ellas» lo admiraran.

Se decidió por un traje clásico de *tweed* al que añadió un pañuelo de cuello en vez de una corbata para darle un toque de desenfado a la vez que de distinción. Se miró de nuevo en el espejo, esta vez en uno de cuerpo entero que ocupaba casi un tercio de una de las paredes de su elegante dormitorio. «No está nada mal para haber superado los sesenta», pensó con orgullo.

Empezaba a cansarse de la vida de anticuario. Los libros empolvados y los tesoros ocultos a veces a la vista de todos en los lugares más insospechados habían empezado a cansarle. Quería dedicarse a la vida contemplativa, a *il dolce far niente*.

Pronto se jubilaría —podía permitírselo— y se dedicaría a viajar, esta vez por puro placer, y a exhibir sus dotes de conquista por el mundo. Siempre había sido, y lo seguía siendo, todo un dandi. Qué suerte la suya, tenerlo todo en la vida sin una nube que la ensombreciera. ¿O quizás sí?

1948

Como todas las mañanas desde hacía diez días, Micaela se dispuso a comenzar su jornada para los De Paula. Habían desaparecido sus miedos iniciales y empezaba a sentirse a gusto en esa casa. Los señores la trataban bien. Al señor lo veía poco, a veces solo cuando servía las comidas, lo cual agradecía porque era bastante serio y le imponía su presencia. Sin embargo, la señora, elegantísima a ojos de Micaela, le agradaba bastante porque, aunque se mantenía en su papel de dueña de la casa, se mostraba siempre muy paciente con ella en todo lo relativo a la limpieza y el mantenimiento de la vivienda.

En cuanto a la prole, Micaela aún no conocía al hijo mayor, Agustín, que rondaría los dieciocho años y asistía a la universidad en otra provincia; Magdalena, o Maleni, como la llamaban sus padres y sus hermanos, tenía ocho años y era un poco feúcha, rasgo que compensaba con su enorme simpatía, y Arturo, de seis años, era un bichito al que todos adoraban.

Vivía también con ellos doña Angelita, que hacía las veces de cocinera y costurera. Como sabría más adelante Micaela, doña Angelita nunca se había casado porque su novio de toda la vida había muerto de varicela. Tenía el pelo negrísimo y siempre lo llevaba peinado muy tirante y recogido en un moño bajo. Micaela y ella compartían habitación, una estancia pequeñita con un ventanuco que daba al patio interior del edificio. Además de dos camas, disponían de un armario de dos puertas, una para cada una, y de una mesita de noche de uso común. En el cuarto de la ropa, detrás de una cortina, tenían un váter y un lavabo a su disposición. Para Micaela, que nunca había dormido en una cama ni usado un aparato sanitario, todo aquello suponía un lujo inimaginable hasta hacía poco más de una semana.

Aún la seguían maravillando las pesadas cortinas y los finos visillos, la madera oscura de los muebles, las lámparas de cristal y el agua corriente de los grifos. Por no hablar de la vestimenta; sobre todo, los vestidos de la señora. Nunca había tocado unos tejidos tan suaves y vaporosos. Lo lavaba y planchaba todo con sumo cuidado, con miedo a estropear algo y que la despidieran. Claro que echaba de menos su casa y a su gente, en especial a su hermana Josefa, pero aquí la trataban bien y sabía que su madre sentiría un alivio enorme cuando le enviara los veintinueve duros de los treinta que le pagarían cada mes —quería empezar a ahorrar algo para sí misma—. Solo esperaba que su padre no se los quitara y los malgastara en vino.

Entró en la cocina, donde doña Angelita tenía, como siempre, la radio encendida. Micaela empezaba a reconocer las voces de los locutores y casi desde su primer día en la casa se había enganchado al programa *El consultorio de Elena Francis*. Lo escuchaban juntas y aprovechaban ese rato de las tardes para realizar tareas como desenvainar habas o expurgar lentejas mientras comentaban las consultas que hacían las oyentes y las respuestas de la presentadora.

—Buenos días, doña Angelita —la saludó.

Normalmente, se levantaban a la vez, pero esa mañana doña Angelita lo había hecho un poco antes porque se le había olvidado poner los garbanzos en agua la noche anterior. Ya no podría poner el cocido que tenía previsto y debía cambiar el plato principal del día.

—Buenos días. —Le devolvió el saludo desde el fregadero—. En la mesa hay café.

Micaela no terminaba de acostumbrarse a tomar café todas las mañanas. Siempre había una cafetera preparada y empezaba a dudar de que en esa casa supieran siquiera qué era la cebada. Acompañó la bebida con una rebanada de pan de pueblo con aceite y, en cuanto hubo acabado, recogió y lavó todo cuanto había utilizado.

—Hoy comeremos cazuela de fideos, y mañana será otro día —sentenció doña Angelita.

A Micaela la esperaba un largo día por delante. En primer lugar, debía encargarse de lavar a mano la ropa interior y tenderla en los cordeles preparados para ello junto a la pila, a salvo de miradas indiscretas, poner una lavadora —no se cansaba de mirar esa máquina que hacía milagros— con las sábanas quitadas el día anterior, tenderlas en las cuerdas colgadas en las paredes del ojo de patio y planchar lo lavado y secado la jornada previa. Después, limpiaría a conciencia el baño para que la familia se aseara a gusto y volvería a hacerlo cuando todos hubieran pasado por él. A continuación, se emplearía a fondo en los tres balcones que daban a la calle, el salón y la salita, donde el señor se sentaba a leer el periódico cuando volvía del trabajo y la señora bordaba.

Si doña Angelita necesitaba algo, iría al mercado. Todos los días rogaba que así fuera. Disfrutaba del bullicio de la gente, de los gritos de los tenderos que reclamaban la atención de los viandantes para que compraran sus productos y del colorido de los puestos de comida. Sin duda, se pararía en el escaparate de la freiduría, donde se le haría la boca agua a la vista de los filetes de carne empanados, y también en la droguería, para disfrutar de la mezcla de olores característicos, como los de detergente y de pintura. Además, podría aprovechar para saludar a don Julián, quien, sin que ella se lo pidiera, la pondría al día de todas las novedades de la finca.

Después de la merienda, se cambiaría el delantal por el de paseo y llevaría a Magdalena y a Arturo al parque para que los señores pudieran descansar. Sin quitarles la vista de encima mientras jugaban, observaría con curiosidad, como cada tarde, el flirteo entre las sirvientas de la zona y los soldados de un cuartel cercano. Por la noche, en su habitación, y ya con la luz apagada, se lo contaría todo a doña Angelita hasta que la oyera roncar.

Hasta 1990

Agustín de Paula

Siempre se había sentido diferente a los demás, aunque no fue hasta la adolescencia cuando pudo ponerle nombre. En sus primeros años, la relación con sus padres no tenía nada de especial; era correcta, sin más. Su padre, al que nunca había llegado a ver sin su bigote de tipo imperial cuidado a la perfección, estaba muy centrado en sus negocios de construcción y paraba poco por la casa. Durante las comidas en familia, rara vez levantaba la vista del periódico y se limitaba a responder con monosílabos a lo que se le preguntaba.

Su madre, en apariencia tranquila y de maneras siempre correctas, se dedicaba casi exclusivamente a estar pendiente de su marido, de sus hijos y de lo que acaeciera en la casa. Le importaban mucho las apariencias y le gustaba que todo estuviera en orden de cara a la galería, al menos. Lo único que hacía de puertas afuera de la seguridad del hogar era acudir a la misa de los domingos por la mañana y pasear algunas tardes cogida del brazo de su marido —en el caso de que este se hubiera cogido la tarde libre— para ver, pues pocas veces entraba, los escaparates de las zapaterías, las tiendas de tejidos o las sombrererías. No es que no pudiera comprarse lo que se le antojara, pero no le gustaba gastar innecesariamente.

Con sus hermanos no se llevaba mal, pero la diferencia de edad siempre había sido un obstáculo para tener alguna afición o gusto en común. Por suerte, tenía a sus amigos de siempre: Camilo, Mateo y Tomás. Era con este último con quien tenía más afinidad, aunque se divertía cuando estaban todos juntos a pesar de las locuras del segundo y la obsesión con las chicas del primero.

Meses antes de marcharse a la universidad por primera vez, Agustín fue testigo de algo que le cambiaría la vida: la persecución a un muchacho joven. Al principio, sintió miedo porque nunca había visto algo igual tan de cerca. Por fortuna para el chico, no lo cogieron. Desde donde se encontraba, Agustín pudo ver por qué puerta se había colado el perseguido para desaparecer de la vista de la autoridad. Sin saber qué lo empujó a ello, se dirigió hacia allí y llamó.

A partir de ahí, pasaron meses en los que estuvo inmerso, en secreto, en la redacción, confección y reparto clandestino de octavillas de contenido antifranquista. Encontró, además, a gente como él, personas con las que, al fin, se sentía identificado. Sabía el peligro al que se exponía, pero lo creía un deber y estaba dispuesto a asumir el riesgo.

Ya en la universidad, y siempre con el máximo cuidado y total discreción, siguió colaborando en esa causa en la medida de lo posible. Acudía con compañeros y camaradas a cafeterías en las que se leían en voz alta obras prohibidas por el régimen, desde *La regenta* hasta *La colmena* o *Adiós a las armas*. Además, empezó a frecuentar locales clandestinos en los que se bebía y se fumaba —mujeres y hombres por igual— al ritmo de música censurada y en los que se introdujo en las artes amatorias y sexuales.

Por supuesto, nunca les contó a sus amigos de la infancia nada relacionado con su doble vida porque quería mantener para sí algo que fuera exclusivamente suyo y porque no estaba seguro de que lo comprendieran y lo apoyaran.

Cada vez volvía con menos frecuencia a su casa los fines de semana y acortaba las vacaciones al máximo. Tenía la necesidad de sentirse libre y le costaba horrores ceñirse a las pautas establecidas tanto en su casa como en su entorno más cercano.

Pero como una mentira no se puede ocultar para siempre, acabó por suceder lo que siempre temió: hubo un chivatazo y, como consecuencia, una redada en la residencia de estudiantes en la que se alojaba. En su cuarto encontraron octavillas y algunas revistas prohibidas que alguien había pasado a través de la frontera.

Gracias a la influencia de su familia, pudieron sacarlo de la cárcel, donde le destrozaron la cara y el cuerpo a golpes, aunque el dolor que le perduraría para toda la vida sería el del orgullo y la humillación. Nunca jamás olvidaría el trato, las palabras y los golpes de su padre en su cuerpo ya magullado y dolorido de por sí. Y tampoco olvidaría los gritos de su madre pidiéndole a su marido que parara.

Apagó el ordenador y se reclinó hacia atrás en el sillón giratorio de su despacho. Se sentía satisfecho, y no solo en lo profesional, sino también en lo verdaderamente importante: en lo personal.

Demasiadas parejas, demasiado sexo y demasiado desmadre. A pesar de todo ello, nadie podría acusarlo nunca de haber descuidado sus obligaciones. Todo había sucedido de esa manera por las circunstancias, pero ese modo de vida se había acabado ya para él. Había sufrido mucho, muchísimo, pero parecía que, al fin, la vida le tenía reservado algo bueno.

Cuánto le había costado llegar a este punto después de tanto sufrimiento. Algunas noches se despertaba inquieto, sobresaltado y nervioso hasta que comprobaba que sí, que era cierto, que lo que estaba viviendo no era un sueño.

Por fin un remanso de paz después de un largo camino de espinas. De todos modos, no se iba a relajar, porque la dura realidad podría volver a golpearle en cualquier momento. Seguiría alerta. ¿Acaso sería capaz alguna vez de vivir como si nada, simplemente dejándose llevar?

Descolgó el teléfono para hablar con su ayudante:

—Héctor, ¿ha pasado ya por la oficina de Correos?

—Aún no, don Agustín. En cuanto termine de redactar la carta que me pidió esta mañana, pasaré a comprobar el apartado postal.

—No hace falta que se lo recuerde, pero, por favor, discreción. —Y colgó.

1949

En cuanto hubo colocado sus escasas pertenencias en la parte del ropero que tenía adjudicada y guardado la maleta debajo de la cama, Micaela se fue directa al parque, esta vez sin uniforme y sin el delantal de los paseos. Había vuelto a su trabajo después de haber pasado unos días con su familia con ocasión de las fiestas navideñas y estaba deseando comprobar cómo habían avanzado las relaciones de los enamorados que se encontraban allí por las tardes. Tan pronto volviera a la mañana siguiente doña Angelita, que también pasaba unos días con los suyos, la pondría al día de todo.

Los señores aún se encontraban en casa de los padres de él, adonde se habían ido junto con sus hijos a pasar las Navidades. Volverían al día siguiente y habían quedado con Micaela en que ella se incorporaría la víspera a su vuelta para acondicionar la vivienda familiar.

Había disfrutado de su regreso al campo y a los suyos. A su madre y a su hermana les habían encantado los vestidos que la señora le había dado porque ya no los usaba. También había llevado un hatillo con ropa para su padre y sus hermanos, prendas que ya no usaban ni el señor ni su hijo mayor, Agustín, al que Micaela había conocido, por fin, un par de días antes de su marcha a casa de sus abuelos. Le había parecido un buen chico, a pesar de que no habían intercambiado más que un par de palabras a modo de saludo.

Ahora, sentada en un banco del parque, disfrutando del sol de invierno y de los paseantes, comenzó a rememorar los días en su casa.

Como acostumbraban cada año, su madre y sus cuñadas se habían reunido para hacer pestiños y roscos de vino, todas ellas ataviadas con manguitos para no mancharse las mangas del vestido mientras amasaban. A Micaela le gustaba observar cómo se reían y cómo bajaban la voz entre risitas cuando hablaban de sus intimidades en la cama, aunque le daba muchísima vergüenza y hacía como que no escuchaba mientras moldeaba trocitos de la masa, cuyo olor a matalahúva llenaba el ambiente, y les daba forma a los dulces, que más tarde freirían y pasarían por azúcar. Este era el único día del año que se lo podían permitir, pues el aceite era un producto muy caro que había que racionar.

Al igual que hacían cada Nochebuena y el día de Navidad, habían bailado y cantado villancicos y coplas populares:

Que salga el toro fuera de la valla
déjalo solo, solo que vaya.

Que aquí lo espero con la banderilla
y ole salero y ole chiquilla.
Que salga el toro que aquí le clavo la banderilla,
la banderilla de Santander.
Preso me llevan por tu querer
y por tu quebranto,
preso me llevan al camposanto.

Niña de los veinte novios
y conmigo veintiuno,
si todos fueran como yo
te quedabas sin ninguno.

Un borracho se murió,
y dejó en el testamento
que lo enterraran en viña
para chupar los sarmientos.

El vino tinto es mi primo
y el aguardiente es mi pariente,
cuando llego a una taberna
me encuentro con toda mi gente.

En pocas ocasiones veía a su madre tan contenta y relajada. Le gustaba mucho verla así, liberada durante unas horas de sus obligaciones diarias, que la hacían levantarse mucho antes del amanecer. Ni para ella ni para ninguno de los habitantes de la «casa grande» existían festivos ni fines de semana. Todos los días eran iguales: había que encender el fuego para calentarse en invierno y para cocinar, alimentar a las bestias, amasar, bajar al río a lavar los trapos y a acarrear agua en los cántaros, limpiar, cocinar…, hasta que caía el sol, momento en el que, en verano al fresco y en invierno alrededor de una copa de latón con brasas para calentarse, se reunían para escuchar el parte a través de las ondas de la radio del tío Paco. A veces, para deleite de todos, pillaban *La Pirenaica,* la emisora clandestina que servía como fuente de información de la oposición al régimen franquista y su propaganda. En esas ocasiones, alguno debía ocuparse de vigilar por si se acercaban los civiles, bien a pie o a caballo. Ni que decir tiene que en su presencia no se escuchaba más que la emisora oficial del régimen.

Algunos días, la rutina se veía interrumpida, para alegría de las mujeres sobre todo, por la llegada de vendedores que portaban en sus burros quincallas que cambiaban por huevos; otras veces, cuando uno de los adultos volvía del pueblo con alguna carta o postal que hubiera recogido de una de las tiendas o del bar donde recibían la escasa correspondencia, puesto que el cartero no llegaba hasta allí.

La leía en alta voz, para deleite tanto de los mayores como de los chiquillos, uno de los adultos que supiera leer. Les gustaban especialmente las que recibían de unos primos que habían emigrado a Argentina huyendo del hambre. Siempre, y sin excepción, todos los ojos se volvían irremediablemente hacia la tía Carmela, quien a punto estuvo también de partir con su familia pero que se echó para atrás a última hora: «Digo y repito que a quienes mueren en el barco los echan al mar, y a mí los peces no se me van a comer».

Para sorpresa de todos, la decisión de la tía Carmela había prevalecido sobre la de su marido, el tío Paco, cuya única explicación debía de ser que él sentía tanto miedo como ella a embarcarse en esa aventura incierta. A pesar del carácter arrollador de la una y la poca sangre del otro, se llevaban bien y se hacían compañía, pero a nadie se le escapaba que ella recibía de vez en cuando, como casi todas las demás.

Así eran las cosas. Eran ellas las que se molían a trabajar, las sumisas, las que no podían beber ni fumar, las que no les podían replicar a sus maridos, las del miedo a embarazarse a pesar de la «retirada», las que parían en las casas y no podían elegir los nombres de sus hijos, las que vestían de oscuro, las que se tenían que tapar incluso en verano..., pero también las solidarias, las amigas, las que se consolaban entre sí y las que compartían risas, penas y alegrías.

Micaela notó en la cara que el sol calentaba cada vez menos. Se hacía tarde y debía volver, pero antes se daría el gusto de parar a comprar unos churros para don Julián.

—Pero chiquilla, no tenías que haberte molestado. No están los tiempos como para malgastar. —Se quejó don Julián, a pesar de que se le veía encantado con el regalo.

—No es nada. Por lo bueno que es siempre conmigo —respondió Micaela, sinceramente agradecida.

—Tonterías. Por cierto, pasa y te meriendas los churros con nosotros. —La invitó, a pesar de que sabía que ella no accedería porque no acababa de sentirse a gusto con el carácter agrio de su mujer—. Se ve que el señorito Agustín se ha adelantado a la llegada de sus padres y sus hermanos y ha llegado hace un rato con cuatro amigos, algunos de ellos más bebidos de la cuenta. No me haría gracia que se metieran contigo.

—Pierda cuidado, don Julián, que estaré bien. Y no me entretengo más porque ya voy apurada. Hasta por la mañana. —Se despidió.

SEGUNDA PARTE

1990

Cris y Gus

—Buenos días, amor —saludó Cris mientras lavaba los platos de la cena de la noche anterior.

—Buenos días.

Se besaron con suavidad en los labios. Se amaban con locura y no pasaba un día sin que fueran conscientes de su buena fortuna. Les parecía un milagro que lo que pareció en un principio el lío de una noche los hubiera unido hasta hoy, casi un año después. Además, la diferencia de edad entre ellos nunca había supuesto un problema.

—¿Cómo se te presenta el día? —le preguntó Cris mientras le servía un café.

Gus se dispuso a preparar la mesita del balcón para que pudieran desayunar al aire libre antes de separarse para acudir a sus respectivos trabajos. Se podrían permitir una casa más grande que el piso en el que vivían, pero habían decidido de mutuo acuerdo que no necesitaban más espacio del que ya disponían. Y tampoco les apetecía que una persona ajena a ellos estuviera todo el día moviendo sus cosas de un lado para otro, así que se apañaban con la señora que iba un par de veces por semana para ocuparse de las tareas más engorrosas.

—Tengo un juicio a las once, así que pasaré antes por el bufete para recoger unos documentos. ¿Y el tuyo?

—Pues... volveré a disfrutar de una maravillosa mañana escuchando cómo se quejan mis ricos clientes sobre el poco beneficio que les dan sus inversiones en valores al tiempo que me enseñan las fotos de su fin de semana de compras en Londres o a bordo de un yate en Ibiza.

—Ja, ja, ja. De verdad que no sé cómo aguantas a esos gilipollas. Ya sabes que podrías permitirte no trabajar y dedicarte a lo que te gusta. Hace tiempo que no pintas, por ejemplo.

—¿Y perderme esas fotos? Definitivamente, no.

Acercó su cara a la de Gus por encima de la mesa y lo besó antes de proseguir:

—¿Sabes que te amo? ¿Sabes que sé que me lo dices de verdad? Pero necesito mi independencia económica. —«E independencia para entrar y salir libremente sin tener que dar explicaciones», pensó.

Cris

«Tengo miedo. No quiero perder a Gus. Por primera vez en mucho tiempo, siento que estoy al lado de una persona que me quiere, me respeta y en la que puedo confiar. Ojalá tuviera la capacidad de olvidarlo todo y dejar las cosas como están, pero no puedo. ¿Cómo no cumplir aquello que debo a quienes más me han querido?

»¿Y si algo no sale bien? No, imposible. Lo tengo todo muy preparado. Son tantos años que podría hacerlo con los ojos cerrados. Me da rabia no haber podido completar el puzle, no haber dado con la última pieza, pero he de terminar ya con esto, no quiero alargarlo más porque necesito poner punto final a esta historia y descansar. Descansar con Gus y pasar el resto de mi vida con él.

»No me enorgullezco de haberle mentido, pero agradezco mi profesión, que me permite justificar mis múltiples viajes. Perdóname, amor».

Gus

«Hace varios días que noto distante a Cris, pero no le quiero preguntar el motivo. Me da miedo conocer la verdad. ¿Se habrá hartado ya de mí? Cuando me mira, sus ojos me dicen lo contrario, pero sé que la posibilidad está ahí. Nunca obligaría a nadie a que permaneciera a mi lado, ni tampoco lo haré en este caso llegado el momento. Por lo pronto, intentaré dejar de imaginar cosas que me impiden disfrutar del mágico momento que estoy viviendo.

»Me habría gustado contarle mi plan para el fin de semana, pero seguramente su desconfianza me habría hecho dudar, así que me doy la licencia de ocultarle algo por una vez, aunque se lo contaré el lunes, cuando ambos estemos de vuelta».

Cris y Camilo Beltrán

No me resultó complicado dar con Camilo Beltrán. En cuanto empecé a indagar sobre su vida, conseguí información sin necesidad de preguntar apenas. No tenía buena fama, así que siempre había alguien que se mostraba más que dispuesto a echar pestes por la boca solo con escuchar su nombre.

Había leído sobre él en múltiples ocasiones en la prensa local, pues su apellido empezaba a hacerse famoso por los escándalos de su vida privada más que por las obras arquitectónicas que proyectaba.

Al parecer, no era un mal arquitecto, y su fama lo había convertido en uno de los más solicitados del país. Siendo así, debía de estar rodeado de los mejores asesores, así que tenía que organizarme muy bien y forjar un buen plan para conseguir que contratara mis servicios y poder ganarme su confianza.

Tiré de hemeroteca para recabar toda la información posible que me diera pistas sobre sus gustos y aficiones. Por lo que encontré, lo habían detenido en más de una ocasión en redadas llevadas a cabo en clubes de alterne, pero lo que realmente me llamó la atención fueron las noticias por sobornos a funcionarios. Aparecían siempre en las páginas interiores de los periódicos y sin grandes titulares, cosa extraña que me hizo pensar que se había hecho así a conciencia para intentar que pasaran lo más desapercibidas posible.

Por los escándalos sobre su vida privada que encontré publicados, y por los nombres de las personas que acompañaban al suyo, pude deducir sus gustos y empecé a frecuentar los restaurantes y bares de copas en los que di por hecho que podría coincidir con él. Y no me equivoqué. Tuve suerte al cabo de un par de semanas.

—Buenas noches. Camilo Beltrán, ¿verdad? —No dudé en acercarme a él la noche que, por fin, coincidimos en un bar.

Se encontraba en la barra acompañado por una señora que yo sabía no era su mujer, de la que había visto alguna fotografía antes del accidente, no aclarado en ninguna publicación, que la había condenado a una cama. Yo había acudido con un amigo, como solía hacer, porque quería evitar que se me acercara nadie a intentar ligar si me veía sin compañía.

—Sí, ¿por qué? —me respondió de una manera brusca. Sabía que lo estaba molestando, pero no me iba a detener ya que había llegado hasta allí.

—Perdone, es que me había parecido reconocerlo. Admiro mucho su trabajo y el que hizo su padre en su día. Solo quería saludarlo y preguntarle si me permitiría que les invitara a una copa a usted y a su acompañante.

Así de fácil. Entre sus múltiples «cualidades» también se encontraba la de ser un fanfarrón, por lo que se mostró encantado de presumir largo y tendido de sus proyectos pasados y futuros. Conseguí, al final de la noche, en parte gracias al alcohol, que me citara para la semana siguiente en su despacho. Y ahí logré, no sin esfuerzo por mi parte, que me confiara la gestión de parte de sus inversiones porque, según me confesó después de algunas citas en las que siempre pagaba yo, empezaba a sospechar que su asesor no estaba poniendo todo el interés posible en sacar el máximo rendimiento de sus inversiones.

Cuanto más lo trataba, más confianza depositaba en mí y más de sus andanzas me contaba, menos lo soportaba, pero no me quedaba otra.

Así, aunque al principio se mostró un poco reticente, finalmente aceptó mi invitación a una fiesta privada en la que, con todo el asco del mundo, le aseguré que no faltaría ni alcohol ni buen sexo.

No es que a Camilo Beltrán le emocionara el plan de esa noche, pero cuando Cris lo invitó le había asegurado que habría alcohol y mujeres a mansalva. Esperaba que así fuera porque estaba intranquilo por Puri; la había acercado hacía solo unas horas al hospital y temía que diera su nombre ante las preguntas que, sin duda, le haría el personal sanitario.

Ojalá la fiesta mereciera la pena porque empezaba a estar harto, antes de llegar, de esa carretera de mierda perdida en las montañas. No debería haber aceptado. Se empezaba a cansar de la atención que tenía que prestar a las curvas. Como viera un ensanchamiento donde dar la vuelta, no lo dudaría.

Cris y Mateo Amado

Decir que me producía asco todo lo que implicara a Mateo Amado se queda corto. Con pocas personas tan repugnantes me he encontrado en mi vida. Sin ser yo en absoluto ni de misas ni de iglesias ni de religiones, me daban náuseas cada vez que lo veía embutido en una sotana que debería representar algo que era completamente contrario a lo que practicaba él: la gula, la soberbia, la vanidad, la lujuria...

Lo que más me costó, sin duda, fue mirar a la cara sin un mal gesto a un pederasta violador de niños que no había pisado la cárcel ni una sola vez. Pero tuve que hacer de tripas corazón y tragarme mi asco y mis náuseas.

Fue muy fácil dar con él. Sabía que era cura porque su nombre había aparecido en la llamada «prensa amarilla» en más de una ocasión, así que no tuve más que acercarme al obispado, dar su nombre, decir que él era un viejo conocido de mi familia, que me gustaría retomar el contacto... y alguien me facilitó el nombre de la iglesia a la que lo habían trasladado recientemente.

Empecé a asistir a las misas de la tarde para que se fijara en mí. Para ello, me ponía siempre mis mejores ropas porque necesitaba llamar su atención.

Suponía que era de los que se fijan en las apariencias más que en cualquier otra cosa. El último día de la primera semana, retrasé mi salida del templo a conciencia mientras hacía tiempo a la espera de que se despidiera de los pocos feligreses que se le habían acercado para despedirse de él, seguramente hasta el día siguiente. Tal y como había pensado que sucedería, se acercó a mí.

Debo reconocer que los nervios estuvieron a punto de jugarme una mala pasada porque estuve a un tris de decirle todo lo que pensaba de él, pero, en cambio, le pedí confesión. Me inventé una adicción al sexo y seguí yendo a misa casi cada vez que podía. Y me confesaba con él cada vez.

Empecé a esperarlo al final de cada homilía y nos quedábamos charlando un rato hasta que aquello se convirtió en costumbre. Yo seguía manteniendo mi buen vestir y mis buenas formas y le hablaba de fiestas y viajes porque necesitaba captar su atención y su interés. A las pocas semanas, aceptó una invitación para cenar fuera. Invitaba yo, claro. Fuimos a un buen restaurante, donde él se pidió lo mejor de la carta y yo fui incapaz de probar bocado. Lo repetimos en varias ocasiones hasta que tuve la total seguridad de que confiaba completamente en mí. Entonces, no volví a ir a misa y desaparecí. Ese era mi plan, y sabía que me llamaría.

Amado se sentía entre ofendido y satisfecho. ¿A qué se debía la cara de esa empleada de pacotilla cuando fue a alquilar el vehículo? ¿Al alzacuello? ¿Es que los curas no podían conducir o qué? ¿Ni beber, ni comer, ni respirar? Qué placer volver a coger un coche. Ya sabía él que el cambio de parroquia le traería grandes alegrías. Bueno, y obligaciones, como esta. Se debatía entre la alegría y la obligación. Bah, ¿qué más daba? Si alguien lo llamaba para hablarle de su decaimiento por haber caído en una adicción (¡y qué adicción!) que creía superada y que no se sentía con fuerzas para salir de casa y que necesitaba confesión…, ¿cómo podía él negarle su ayuda? Empezaba a tener hambre. Seguro que lo recibían con cosas buenas.

Cris y Rodrigo Balboa

Fue una suerte que Mateo Amado y Rodrigo Balboa fueran primos, algo que descubrí, para mi sorpresa, durante una de nuestras charlas. Aunque el primero se mostraba reacio a hablar de nada que fuera personal, en una cena, a base de preguntas sin intención aparente alguna por mi parte, aparecieron el nombre de Rodrigo y algunas pinceladas sobre su vida —más que nada porque quiso fanfarronear de un familiar de éxito empresarial—, que me bastaron para poder localizarlo sin demasiado esfuerzo.

Empecé por lo que me resultaba más sencillo, que era pedir una cita con él en su empresa y ofrecerle mis servicios de consultoría. Tuve suerte, porque me la dieron. Rodrigo resultó ser un hombre bueno, pero bueno de verdad, retraído y educado, aunque este hecho no iba a hacer que me desviara de mis planes, evidentemente. Hacía poco que había perdido a su mujer y estaba muy afligido. Había aceptado recibirme porque no le gustaba decirle que no a nadie, pero confiaba ciegamente en sus empleados, que llevaban a su lado desde hacía décadas, y no tenía intención de prescindir de ninguno.

Como necesitaba irme de allí con algo, le pedí que me hablara de su mujer. Se mostró encantado y me contó cómo se conocieron, su boda, el nacimiento de su hija, sus nietos… Y cómo se había aferrado a la fe y a un grupo religioso de apoyo para soportar el dolor de su pérdida. Y a eso me agarré. Me inventé una desgracia familiar y le pedí información sobre ese grupo. Me pareció que se conmovía por mi supuesto sufrimiento, me dio el pésame y me invitó a uno de los encuentros. Acepté, claro.

A partir del primer encuentro, que soporté como pude, empezamos a quedar. Él encontraba un apoyo en mí y yo necesitaba de su confianza. Hablábamos a menudo por teléfono y llegó un momento peligroso en el que lo sentí como alguien muy cercano, así que empecé a limitar nuestras llamadas.

No obstante, sabía que no dudaría en acudir a mí en cuanto se lo pidiera.

Había decidido coger un taxi porque no estaba seguro de tener los reflejos en forma como para conducir por unas carreteras que le eran completamente desconocidas. No le saldría barata la carrera, pero se lo podía permitir. Había preferido no decirle nada a su hija. Sabía que la preocuparía, y nada más lejos de su intención. Él se consideraba un buen amigo y siempre se mostraba dispuesto cuando se le reclamaba, como en este caso; sin dudarlo, ofrecería su apoyo y sus oraciones para lo que hiciera falta.

Cris y Tomás de las Canteras

No tuve que hacer esfuerzo alguno para localizar a Tomás de las Canteras. Su tienda de antigüedades era todo un emblema en el centro histórico de la ciudad. Era evidente que el establecimiento había vivido épocas mejores, pero no había perdido un ápice de su encanto. Las letras que coronaban la puerta anunciando el negocio, y que habían sido doradas alguna vez, habían perdido su brillo, pero ello las había dotado de un encanto particular; los escaparates seguían siendo los de antaño y las pegatinas se mostraban gastadas por los bordes; los faroles que iluminaban la fachada se veían antiguos pero acordes con el resto del conjunto, y el escalón de mármol de la entrada casi dejaba entrever la marca de tantas pisadas recibidas.

Cuando entré por primera vez en el negocio, fue como si me transportara a otro mundo. Sentí que me envolvía el polvo, pero no polvo de suciedad, sino polvo de lo viejo, si es que eso existe. Aunque me gusta el arte, no soy especialista, ni mucho menos, pero reconozco que me habría quedado allí para siempre. Las pilas de libros antiguos ordenados en algunas zonas de la tienda y en otras apilados en montones caóticos me animaban a consultar sus cubiertas y pasar sus páginas; los cuadros en el suelo, uno detrás de otro, me tentaban a observarlos y a buscar en ellos citas o mensajes ocultos; las fotos antiguas me pedían que inventara la vida de los retratados, y los ceniceros, abrecartas, pipas, pitilleras... que les buscara unas manos que los sostuviera.

Tomás no se encontraba allí. Iba de tanto en tanto, según me dijo su empleada, pero hacía tiempo que no a diario. Él se ocupaba de visitar a quien aseguraba tener en su posesión alguna obra de arte difícil de trasladar hasta la tienda para su tasación, o bien a viajar en busca de nuevos tesoros con los que surtir el negocio. No obstante, había tenido suerte porque tenía previsto ir al día siguiente. Y en ese caso, yo también, claro.

Debo reconocer que me gustó en cuanto lo vi. Elegante, carismático, educado y respetuoso. Sin duda, el paso del tiempo no le había restado un ápice de encanto. Me había inventado la existencia de un antiguo reloj de pie con sonería Westminster, fase lunar, sistema de rastrillo y martillo sobre varillas. No tenía muy claro qué significaba nada de eso, que copié de un catálogo de antigüedades que consulté no recuerdo dónde, pero mi ignorancia me servía de excusa para justificar la falta de más información por mi parte sobre el reloj inexistente.

No mostró un gran interés porque, según me dijo, ya tenía algunos relojes de ese estilo en venta y llevaba años sin encontrar alguno que de verdad mereciera la pena. No obstante, le echaría un vistazo a las fotos que le mostrara. Le dije que no tenía ninguna en ese momento y que me gustaría que lo viese él con sus propios ojos y me diera su opinión. Creo que estaba cansado y con pocas ganas de entrar en un debate sobre si debería ir o no a ver la supuesta obra de arte, así que, para mi sorpresa, me dijo suspirando que de acuerdo.

Tomás de las Canteras esperaba que de verdad mereciera la pena el dichoso reloj. Aún no se explicaba cómo había accedido tan rápido a hacer esa visita, y a esas horas, un viernes. Se había prometido a sí mismo no invertir en nada más y centrarse en su jubilación, pero debía admitir que le picaba la curiosidad. ¿Tanta insistencia por un reloj que no valdría más que unos miles de pesetas? Lo bueno de esta situación era que, inesperadamente, estaba disfrutando de la conducción. Le gustaba serpentear por esa carretera de montaña plagada en los laterales de pinos y mojones que indicaban los linderos para evitar que cualquier despistado se despeñara monte abajo. En fin, quizás no habría sido tan mala idea embarcarse en esa aventura.

Cris y Agustín de Paula

Nunca pude imaginar que fuera tan complicado localizar a Agustín de Paula. Comencé por buscar en las Páginas Amarillas. No aparecían muchos De Paula y me decidí a telefonearlos uno a uno. Así, después de las primeras llamadas, que resultaron infructuosas, di por fin con Arturo de Paula, hermano de Agustín. Aproveché que en la guía solo aparecía la letra A después del apellido y que podía ser cualquiera de los dos para entablar conversación.

No sabía nada de su hermano desde hacía años ni quería saber. No, no tenía su dirección ni su número de teléfono. No me podía dar ninguna información para localizar a su hermana porque había fallecido al dar a luz a su segundo hijo. No me podía seguir atendiendo porque se marchaba a una reunión. En el último De Paula aparecía una dirección postal, que apunté por si acaso.

Sabía que había asistido a la universidad y en qué años, y su apellido no era muy común, así que decidí probar suerte de nuevo en la hemeroteca. Pasé horas allí durante varios días hasta que, *¡voilà!:* una detención en una redada durante sus años universitarios. El peso de su apellido había provocado su aparición en la prensa local. Si lo habían detenido durante la represión franquista, podría deberse a diferentes motivos: ¿participación en algún movimiento contra el régimen, posesión de música o libros prohibidos, homosexualidad…?

Necesitaba algún hilo del que tirar y no sabía de dónde, así que decidí desplazarme hasta la universidad, donde dudaba que me dieran información porque sería ilegal, pero no tenía ninguna otra opción. Como había supuesto, me negaron cualquier tipo de dato por cuestiones de confidencialidad, pero, aun así, supongo que por la fuerza de la costumbre, le entregué mi tarjeta a la señora que me atendió en la secretaría de la facultad. Bendita costumbre.

Cuando llegué a casa, me encontré en el contestador un mensaje de alguien que decía haber conocido bien a Agustín de Paula. No sabía quién era yo ni qué buscaba, pero la secretaria de la facultad, amiga de ambos —dato que a mí me había ocultado—, le había comentado mi visita y a él le había picado la curiosidad. Si yo quería, podíamos quedar y vernos; le apetecía rememorar viejos tiempos. No podría creer mi suerte.

Y así conocí a Gus. Quedamos para almorzar al día siguiente en un conocido restaurante del centro. Me llamó la atención su atractivo a pesar de que debía de rondar los sesenta años. Se le veía ágil y en forma. No sé si vio en mí a alguien en quien podía confiar o qué, pero el caso es que hablamos durante horas y me contó muchísimas de las cosas que había vivido con Agustín, con quien había perdido el contacto hacía años. Se habían conocido en la universidad y se volvieron inseparables. Me habló de las octavillas que fabricaban y repartían, de cómo conseguían productos censurados que llegaban a España por la frontera con Francia, de las redadas, de la emoción de lo prohibido…

Volvimos a quedar al día siguiente, y al siguiente. Parecía que a Agustín de Paula se lo hubiera tragado la tierra. Me negaba a no poder completar el círculo, pero la situación me estaba saturando y temía equivocarme en algún movimiento y echarlo todo a perder. Decidí probar con la dirección postal como último cartucho y confiar en que De Paula no estuviera muerto.

A Agustín de Paula le picaba la curiosidad. En otras circunstancias, no habría acudido, pero el cosquilleo que sintió cuando recibió la invitación le recordó las emociones vividas durante su época universitaria, el tentador miedo a lo desconocido, la adrenalina por el temor a que lo detuvieran. Se alegraba de que su viejo coche estuviera respondiendo bien a lo escarpado del terreno. Le daba poco uso porque prefería desplazarse en transporte público. Desde siempre, le gustaba observar a la gente, imaginarse su vida, a qué se dedicaban o adónde se dirigían. Aceleró un poco más por temor a que el motor se viniera abajo y se quedara tirado en mitad de la nada, y se centró en el camino.

Cris

«Por fin. ¿Será verdad que hoy se acaba todo? ¿Merecerá la pena lo sufrido para llegar hasta aquí? Lo único que quiero es que esto termine cuanto antes», pensó Cris antes de dejar abierto el portón que servía de entrada al camino que dirigía a la casa y encerrarse en su despacho a esperar.

Cuando estaba a punto de darse media vuelta aunque fuera en esa estrechez de carretera porque no podía más con la presión que se estaba metiendo a sí mismo, Camilo vio un cartelito que indicaba «Villa Elena». Suspiró y enfiló el camino. Estaba cansado y harto.

Bordeó el carril sin asfaltar y llegó a un portón entreabierto. Maldita sea. ¿No había nadie allí para abrirlo del todo? ¿Dónde estaban los camareros de la fiesta? ¿Y el personal de seguridad? Se bajó del coche y abrió el portón por completo. Decidió dejarlo así por si llegaban más invitados después de él. Se quejaría en cuando aparcara, lo tenía claro. A unos doscientos metros, llegó a la casa, una villa bastante grande de una planta pintada de blanco donde lo que más destacaba era una pérgola cubierta por una preciosa buganvilla en su máximo esplendor. Desde donde dejó el coche (¿dónde estaban los demás?, ¿había sido él el primero en llegar?) podía ver un porche con algunas tumbonas y una mesa central bordeada por unos bancos de piedra. En conjunto, la villa parecía cuidada, aunque, de momento, no veía a nadie.

—¿Hola? —llamó cuando se bajó del coche—. ¿Hay alguien?

No recibió respuesta y decidió echar un vistazo. Rodeó el porche y encontró una puerta que debía de ser la principal. Llamó pero no acudió nadie a abrir, así que la empujó y esta se abrió.

—¿Hola? —Sin respuesta.

Decidió entrar y se encontró en un enorme salón en el que había preparada una gran mesa para seis comensales elegantemente montada en la que no faltaban un mantel de hilo fino con servilletas a juego, lujosas jarras y copas de cristal de Bohemia y una vajilla que reconoció como de La Cartuja. ¿Aquello no iba ser una fiesta? ¿Qué clase de broma era esto?

Escuchó el sonido de un coche y, al rato, unos pasos que se acercaban hasta la puerta. Al principio, le costó reconocerlo, pero allí estaba Mateo. Ambos se miraron durante un momento sin saber qué decir. Hacía muchísimos años que habían perdido el contacto y de pronto sintieron caer sobre ellos el peso de una losa.

No les dio tiempo a abrir la boca cuando sintieron otros pasos que se aproximaban. Los delató el sonido de las piedrecitas del camino de acceso. Cuando apareció Rodrigo, se repitieron las caras de incredulidad. Mateo miró a su primo, al que hacía también años que no veía.

—¿Qué haces tú aquí? —le preguntó con desgana y fastidio. Empezaba a temer que sus planes se vinieran abajo por la presencia del puritano de su primo.

—¿Y tú? ¿Qué haces tú aquí? ¿Y tú, Camilo? —les preguntó a ambos.

—No entiendo nada, pero tengo claro que me largo ahora mismo de aquí. Bromas a mí, no —dijo Camilo a modo de respuesta y dando un paso hacia la puerta al tiempo que sacaba las llaves del coche del bolsillo del pantalón.

En ese momento, los tres escucharon una voz conocida que también se acercaba hasta la puerta de entrada a la casa:

—¡Hola! Ya estoy aquí. He visto un par de coches aparcados, pero ni un alm… —Tomás se quedó mudo al ver a tres personas que habían sido muy importantes en un momento dado de su vida pero a las que se había obligado a olvidar—. ¿Qué demonios significa todo esto?

Cris, desde detrás de una de las puertas que daban al salón, dio por hecho que Agustín de Paula no iría, así que ya estaban todos. Por temor a que alguno se marchara, decidió salir y presentarse de una vez ante ellos.

Al tiempo que lo hacía, otra figura apareció por la puerta de entrada de la calle:

—¿Gus? ¿Qué haces aquí? —Cris lo miró con terror.

—Agustín... —dijo alguien, aunque Cris no pudo distinguir quién.

—¿Y tú, Cris? ¿Qué haces tú aquí?

—¿Cris? —preguntó Camilo—. ¿Llamas Cris a Cristóbal? ¿Qué es esto? ¿Me lo puede explicar alguien?

TERCERA PARTE

Llevaban ya bastante rato sentados alrededor de la mesa, todos cabizbajos y en silencio. Menos Cristóbal, que la presidía; él no tenía motivos para bajar la mirada porque no tenía nada de lo que avergonzarse. A su derecha, se habían sentado Mateo y Rodrigo; a su izquierda, Camilo y Tomás, y frente a él, Gus, ¿o debería empezar a llamarlo Agustín? Aún no había podido digerir el mazazo tan tremendo que le había provocado ver cómo se abría la puerta hacía apenas unos minutos, aunque pareciera que habían pasado siglos, y entraba quien hasta hacía solo unas horas había considerado el amor de su vida. Intentó desviar de su cabeza cualquier pensamiento que lo distrajera de lo que tenía que hacer y decir en ese momento.

Una vez superada la sorpresa inicial, los cinco antiguos amigos habían intuido qué hacían allí. A todos les vino a la cabeza aquella noche de 1949 que habían intentado olvidar, unos con más fortuna que otros. Aun así, no sabían qué pintaba Cristóbal en todo aquello. Cuando este les había pedido que se sentaran, lo habían hecho sin dilación, como si necesitaran un sitio anclado al suelo que les brindara estabilidad.

Después de tantos años preparando y esperando ese momento, ahí estaban todos al fin, pero

Cristóbal se había bloqueado y no sabía por dónde empezar. Debería estar gritando, echando toda su rabia fuera y amenazando, pero, por algún motivo, ni siquiera era capaz de emitir palabra alguna. Demasiado tiempo, demasiado rencor, demasiado dolor, demasiado sufrimiento. Y lo de Gus, Agustín... era insoportable. Decidió que era el momento de comenzar y suspiró hondo:

—La noche que violasteis a mi madre...

—¿Qué? ¿Tu mad...? —Rodrigo se sintió desfallecer y se sirvió, con manos temblorosas, un poco de agua de las dos jarras llenas que había sobre la mesa.

—¡Silencio! ¡Sí, mi madre! Aquella a la que vosotros cinco, ¡miserables!, violasteis. ¡Los cinco! Tenía solo catorce años. ¡Era una niña, por los clavos de Cristo!

Agustín, boquiabierto, empezó a negar con la cabeza:

—Cris...

—¡He dicho que silencio! A ti quiero escucharte menos que a ninguno. No puedo siquiera mirarte a la cara. Me has mentido. He estado compartiendo el último año de mi vida con uno de los violadores de mi madre. —Sintió unas náuseas terribles que le subían desde lo más profundo del estómago. ¿Se habría acostado con su...? Su mente no era capaz de procesar esa información tan terrible. Decidió proseguir antes de que su cabeza le jugara una mala pasada que lo llevara a cometer alguna locura:

—La noche que violasteis a mi madre, después de que os marcharais y la dejarais sola en un estado lamentable, destrozada por dentro y por fuera, bajó como pudo las escaleras para pedir ayuda al portero, don Julián, y a su mujer. Esta la echó del diminuto habitáculo en el que vivían sin mostrar siquiera un poco de piedad por una chiquilla a la que acababan de destrozar la vida. Según ella, se os habría insinuado y había pagado las consecuencias. Él sí se apiadó de mi madre porque la apreciaba de verdad, pero no podía luchar contra su mujer y, además, temía perder su trabajo si se producía algún tipo de escándalo en el edificio. Lo único que se le ocurrió fue arrancar la hoja de las visitas de ese día y dársela a mi madre. Ahí estaban apuntados vuestros nombres.

Hizo una pausa para beber e intentar calmarse. No quería perder el hilo de aquel relato que se había repetido tantas veces, una tras otra, sin parar. Ahora, se le mezclaba toda la información acumulada en los últimos años con los recuerdos de los momentos vividos con Gus. Pensaba que no podría soportar tamaño dolor, pero tenía que ser fuerte porque tanto esfuerzo no podía ser en vano.

—Completamente bloqueada, subió de nuevo las escaleras y entró, como siempre, por la puerta de servicio. No os vio y, al poco rato, escuchó abrirse y cerrarse la puerta principal. Se había quedado sola en la casa. Se lavó, ordenó su habitación para que doña Angelita, la cocinera, no notara nada al día siguiente cuando volviera de sus vacaciones de Navidad y limpió y ordenó toda la casa según lo acordado con la señora de la casa. Con tu madre, Gus. ¿O prefieres que te llame Agustín? ¿Y a ella debería llamarla «posible abuela»?

Agustín hizo un nuevo amago de hablar, pero desistió ante la mirada de odio de Cristóbal, que prosiguió:

—Agustín —lo miró durante un par de segundos— no volvió esa noche ni al día siguiente por la casa, pero sí lo hicieron el resto de la familia y doña Angelita. Nadie notó nada aparte del halo de tristeza que cruzaba el rostro de mi madre, que todos achacaron a que echaba en falta a su familia. Al tercer día, volviste a la casa, Agustín, recogiste tus cosas y te volviste a la universidad sin siquiera mirarla a la cara y con la tranquilidad de que, si no os había denunciado ya, no lo haría. ¡Qué bien para vosotros! Podríais continuar con vuestras mierdas de vida de niños malcriados. —Empujó su silla con rabia hacia atrás y se levantó para acercarse a la ventana a respirar un poco del aire fresco que traía el atardecer.

A sus espaldas, Camilo, extrañamente callado hasta el momento, ofreció un cigarrillo que nadie aceptó. Se encendió uno para él. Cristóbal volvió a la mesa y ocupó su sitio:

—¿Qué podía hacer? ¿Volver a su casa? ¿Y qué le diría a su familia? Contárselo a los señores estaba descartado porque no la creerían, y a doña Angelita no quería preocuparla, así que decidió seguir trabajando como si nada a pesar de que lo único que le apetecía era morirse, sí, morirse.

Cristóbal se había percatado de las lágrimas que surcaban el rostro de Rodrigo, pero no sintió pena alguna por él. Camilo parecía haberse relajado gracias los cigarrillos que fumaba sin parar, Mateo parecía haber abandonado por unos momentos la soberbia que lo caracterizaba y Tomás jugaba nerviosamente con la correa de su reloj. Agustín… a Agustín prefería no mirarlo.

—Al cabo de un par de meses, ya estaba segura de que estaba embarazada. Había intentado ocultar las lágrimas, las náuseas y los vómitos matutinos, pero doña Angelita no era tonta. Una tarde, aprovechando que estaban solas en la casa, sentó a mi madre a la mesa de la cocina y le pidió que se lo contara. Aquello fue una liberación porque ya no podía soportar tanta pena a solas. Doña Angelita no dudó ni un solo momento de que todo lo que le había contado mi madre era verdad. Os conocía bien a todos, menos a Rodrigo, cuyo nombre no reconoció. Eso sí, según dijo, del «señorito» no se lo esperaba.

Agustín alzó los ojos y le dirigió una mirada que Cristóbal no supo ni quiso definir.

—Doña Angelita, a pesar de mostrarse en contra, le habló a mi madre de la posibilidad de acudir a un médico abortero o a una comadrona. No conocía a ninguno, pero ya verían cómo podían ponerse en contacto. Mi madre se negó en rotundo. No sabía qué sería de ella ni de la vida que crecía en su interior, pero tuvo claro desde el primer momento que quería a ese hijo. A las pocas semanas, llegaría la Semana Santa y a mi madre ya se le empezaba a notar la barriga. En su casa la esperaban, pero mandó una carta en la que les mintió diciéndoles que los señores la necesitaban. Por cierto, qué casualidad, esas vacaciones el «señorito» las pasó en la universidad.

En este punto, alguien se atrevió a interrumpir:

—Bueno, pues por mi parte he tenido suficiente. De esto hace ya cuarenta años y yo tengo bastantes problemas como para andar con jueguecitos —sentenció Camilo al tiempo que hacía el amago de levantarse.

—¡Siéntate! —le gritó Tomás para sorpresa de todos—. Eres un miserable y siempre lo has sido. Vamos a escuchar todo lo que tenga que decirnos Cristóbal. De aquí no se levanta nadie hasta que haya acabado. ¿Entendido?

Cristóbal, sorprendido, no hizo ningún comentario y continuó:

—La señora de la casa no tardó en percatarse del embarazo de mi madre, quien se negó en todo momento a decirle quién era el padre. Por supuesto, dieron por hecho que mi madre se había comportado como una fresca y le dieron dos días para recoger sus pocas cosas y que se marchara de la casa. En ese momento, podría haberse planteado volver con los suyos, pero lo descartó porque ¿con qué cara se plantaría en la puerta de su casa delante de sus padres de vuelta con la maleta y un embarazo que no podía justificar? Doña Angelita le habló entonces de su hermano y su cuñada, con quienes ella misma pasaba sus días libres y sus vacaciones. Tenían una pequeña habitación que usaba ella y que le cedía mientras buscaban una solución. Mi madre aceptó agradecida porque era la única opción que tenía. Durante los meses que viviera con ellos, les pagaría con lo poco que había ahorrado. No sabía qué sucedería más adelante, pero de momento tendría que conformarse con eso.

Cristóbal hizo una pausa y se levantó para encender las luces. Empezaba a oscurecer fuera y el salón se empezaba a ver en penumbras.

—Al principio estuvo bien con los familiares de doña Angelita. El cuarto que ocupaba era muy pequeño, pero suficiente para ella. Estaba muy preocupada porque su familia dejaría de recibir el dinero que les enviaba cada mes. No sabía qué excusa les pondría, pero tenía que escribirles con alguna porque no soportaba imaginarse el sufrimiento de su madre y su hermana, principalmente, si dejaban de recibir noticias suyas. Lo único que se le ocurrió fue mentirles diciéndoles que el señor había tenido problemas económicos en su empresa y que ella había decidido quedarse trabajando para ellos, a pesar de que estarían un tiempo sin pagarle, porque sentía que se lo debía por lo bien que se habían portado siempre con ella. Ya vería más adelante cómo arreglaba esa situación.

Cristóbal detuvo de nuevo su relato y preguntó si alguien tenía necesidad de ir al baño. Como nadie dijo nada, continuó:

—Una tarde, se presentó en el pisito un matrimonio de mediana edad a merendar. Mi madre los acompañó y estuvieron casi toda la tarde hablando del embarazo y haciéndole preguntas al respecto: que de cuánto tiempo estaba, que para cuándo esperaba, que si estaba todo bien... Esas visitas se hicieron cada vez más frecuentes y mi madre empezó a sospechar que algo raro sucedía. Una de las veces le regalaron una toquilla, lo único bonito que llegó a tener en aquellos días y en la que me envolvió cuando nací. Con el embarazo ya bastante avanzado, se tenía que levantar varias veces por las noches para ir al baño. En una de esas, escuchó voces provenientes de la cocina y no pudo evitar acercarse a escuchar porque eran unas horas poco habituales para estar levantados, y pensó que quizás habría pasado algo. El hermano de doña Angelita y su mujer, no recuerdo sus nombres, estaban haciendo planes sobre las reformas que harían en el piso con el dinero que ese matrimonio les pagaría por el bebé. Por mí. Mi madre sintió un terror como nunca antes y pensó en salir de esa casa de inmediato, pero no tenía adonde ir y le quedaban pocos días para dar a luz. Tampoco se lo podía contar a doña Angelita en alguna de las visitas que les hacía porque sabía que se encararía con sus familiares, quienes seguramente la echarían a la calle, y entonces sí que estaría totalmente perdida. Por eso, decidió aguantar hasta el final y marcharse cuando el parto fuera inminente.

Cristóbal cogió aire y continuó:

—En los paseos que empezó a dar por las tardes para que yo me encajara, de acuerdo con las instrucciones de la matrona que la atendía en el consultorio de maternidad cada semana, medía el tiempo que tardaba en llegar al hospital desde el piso. Una tarde, se le acercaron un par de muchachas que paseaban del brazo y que no eran mucho mayores que ella. Admiraron lo abultado de su barriga y le preguntaron para cuándo estaba previsto el nacimiento y dónde daría a luz. Al decirles mi madre que en el hospital, le contaron que ellas en su lugar no se lo plantearían porque se rumoreaba que había casos de madres a los que les habían dicho que sus hijos habían nacido muertos pero nunca se los llegaron a enseñar, y se decía que esos niños se les entregaban a familias con dinero que no podían tener hijos. Mi madre no sabía si aquello era verdad o una broma de muy mal gusto de dos chiquillas aburridas, pero eso le dejó claro que, por si acaso era cierto, no iría al hospital cuando llegara la hora de mi nacimiento. Pero ¿qué opciones tenía? ¿Dónde daría a luz entonces, sola y sin dinero? ¿Qué sería de nosotros dos en la calle? La única opción que tenía para salvarme era la Casa Cuna, de la que había escuchado hablar. Sabía que allí recogían a bebés de familias que no los podían cuidar. Confiaba en poder recuperarme en cuanto tuviera medios para mantenerme. Como no sabía cuánto tiempo podía pasar, se llegó a plantear hacerme algún tipo de marca en el cuerpo para poder recuperarme con el tiempo, pero prefería perderme para siempre a clavar un objeto punzante en mi piel de recién nacido.

Llegado a este punto, Cristóbal se detuvo. Estaba agotado y lo único que le apetecía era salir y perderse en la oscuridad de la noche. Mateo carraspeó:

—No sé adónde quieres llegar, pero entiendo que tenemos el derecho de saber qué hacemos aquí.

Tomás no daba crédito y se mostraba cada vez más molesto:

—¿En serio? ¿Quieres cerrar esa puta boca, cura de mierda? —escupió.

Cristóbal obvió los comentarios de ambos y prosiguió:

—Los dolores del parto comenzaron por la tarde. La cuñada de doña Angelita empezó a sospechar por las muecas de dolor que mi madre a ratos era incapaz de disimular, así que no le quitaba ojo de encima. En un momento dado, envió a su marido a la calle. Mi madre sabía que iba a avisar al matrimonio. Seguramente, aparecerían de un momento a otro para llevarla al hospital, y de allí, no sabía con qué mentiras, llevarse a su hijo. Se apoderó de ella el terror más absoluto y no se le ocurrió más que pedirle a su anfitriona que le preparara una manzanilla. Tal y como había supuesto, esta se marchó, servicial, a la cocina, momento que aprovechó mi madre para ir a su habitación, coger la toquilla que le habían regalado y meterse en un bolsillo que llevaba cosido al interior del vestido el poquísimo dinero que le quedaba y el papel que le había dado don Julián. Camino de la Casa Cuna, donde había pensado que la podrían ayudar con el parto, los dolores de las contracciones se hicieron insoportables. Presa del pánico, se desvió hasta el parque, prácticamente vacío a esas horas, donde, con una última contracción inhumana que atravesó su cuerpo de catorce años, nací yo. Mi madre me tuvo sola, siendo una niña. Sin dudarlo, porque el instinto materno debe de ser lo más fuerte del ser humano, aplicó lo que había aprendido con la matrona. Con los dientes, cortó el cordón umbilical, que ató con uno de los lazos de la toquilla. A continuación, empapada por la lluvia y sin apenas fuerzas, me puso boca abajo y me agitó hasta que arranqué a llorar. Por miedo a que alguien escuchara mi llanto, se abrió el vestido y me colocó de forma que mis encías se agarraran a su pecho. Luego, empujó una y otra vez hasta que estuvo segura de haber expulsado la placenta. Así, en ese estado, cuando se sintió con algo de fuerza para andar, se puso de pie y se dirigió conmigo apretado contra su pecho hasta la Casa Cuna. Cuando se aseguró de que las monjas habían escuchado el timbre y que yo estaba seguro, se marchó.

Cristóbal se detuvo. No se había percatado de que llevaba un buen rato llorando. Todos a su alrededor permanecían en silencio. Miró de reojo a Agustín, que permanecía con la cabeza gacha. Camilo se levantó y dijo que necesitaba ir al baño. Cristóbal le indicó una de las puertas. Nadie más se movió ni dijo nada. Cuando Camilo se hubo sentado de nuevo, Cristóbal retomó el hilo de la historia:

—Por fortuna, alguien, nunca supo quién, la encontró sin conocimiento sobre un charco de sangre y agua muy cerca de la Casa Cuna y la llevó en coche hasta el hospital. Se despertó a los tres días, muy débil como consecuencia de toda la sangre que había perdido. Durante los episodios febriles que había sufrido en esas jornadas, no había dejado de gritar y llorar llamando a su hijo. Cuando tuvo fuerzas como para hablar, le contó su historia, sin omitir nada, a una de las enfermeras que la atendía, a Elena, mi madre adoptiva.

De nuevo, una pausa. Cristóbal se sentía cada vez más débil y mareado y empezaba a temer no ser capaz de continuar. Se llevó las manos a las sienes y pudo entrever que Agustín hacía el intento de levantarse, seguramente para acercarse a él.

—Ni se te ocurra —le advirtió.

Bebió un poco de agua y sacó fuerzas de flaqueza:

—Elena era enfermera y trabajaba como voluntaria en el hospital. Estaba casada con un farmacéutico, Damián, y no tenían hijos. No podían tenerlos, desconozco el motivo. Elena hacía ese voluntariado en el hospital para llenar su tiempo ayudando a los demás y evitar así pensar en los hijos tan deseados que no llegaban. Un par de días después de que mi madre se lo contara todo, se armó de valor y le ofreció ir juntas a la Casa Cuna a recuperarme y que se lo diera en adopción a ella y su marido; así ambos tendríamos un hogar porque, por supuesto, mi madre viviría con nosotros, trabajaría como sirvienta y podría estar cerca de mí, con la condición, por descontado, de que yo nunca sabría la verdad. Mi madre, entre esa propuesta y, lo que era más probable, no volverme a ver nunca más, no lo dudó. Elena le presentó a su marido, y a mi madre le pareció que el matrimonio era una buena pareja deseosa de ser padres. Decidió sacrificarse por mí. Ella sería feliz viendo cómo me daban una vida que ella nunca podría darme. Se sentiría satisfecha simplemente siendo testigo de todo, aunque yo nunca supiera la verdad ni la tratara como lo que realmente era: mi madre.

A Cristóbal ya le daba todo igual y se permitió llorar sin decoro. Necesitaba descargar la pena y el dolor que lo mataban por dentro desde hacía tanto tiempo. Rodrigo hizo el intento de alargar el brazo para apretarle el hombro, pero se arrepintió. Un poco más tranquilo, Cristóbal continuó:

—Elena y Damián, pletóricos ante tan buena suerte, acompañaron a mi madre a la Casa Cuna. Mi madre dio datos suficientes como para que las monjas tuvieran claro que no mentía: mi pelo, la toquilla y el lazo en el cordón umbilical. Además, imagino que también ayudaría la generosa donación que el a partir de entonces mi padre les hizo. No critico que las monjas aceptaran el dinero, pues era mucho lo que hacían con sus poquísimos recursos. Ese día fue la última vez que mi madre me tuvo en brazos y me achuchó como su hijo. Me entregó a Elena, y a partir de ahí me trataría como una yaya. Tenía catorce años. Catorce —repitió con la voz entrecortada, pero se obligó a seguir:

—Y lo demás supongo que podéis imaginarlo. Nos vinimos a vivir aquí. No sé de qué manera, mis padres adoptivos pudieron inscribirme como hijo suyo en el Registro Civil. No puedo decir que no tuve una infancia feliz. Me dieron siempre todo lo que necesité, pero sin caprichos. Damián, mi padre, fue una bellísima persona que se volcaba en el bienestar de los demás. Más de una vez vi que no le cobraba las medicinas de su farmacia a quien él sabía que no podía pagarlas. Y Elena, mi madre Elena, siempre fue un ángel. Nunca vi un mal gesto de parte de ninguno de los dos hacia Micaela, a la que yo adoraba. Algunos fines de semana íbamos al campo, a casa de sus padres y sus hermanos, que jugaban conmigo en el río y me paseaban en un mulo. Mientras tanto, mis padres y Micaela charlaban con mis abuelos y los demás familiares de aquella gran casa familiar llena de puertas que tanto me llamaba la atención. Siempre agradeceré a mis padres que me permitieran disfrutar de esa familia que no sabía era mía. Me apuntaron a un buen colegio y pasaba algunas tardes en la farmacia de mi padre, donde, con el tiempo, empecé a despachar y a ayudar con la contabilidad. Todo apuntaba a que heredaría el negocio familiar, pero siempre había sido muy bueno en matemáticas y quería dedicarme al mundo de las inversiones y las finanzas, así que, cuando llegó el momento, encontré en mi familia, como siempre, el apoyo que necesitaba.

Se detuvo, cogió aire y retomó la historia:

—Hace cinco años, con cincuenta, a Micaela le detectaron un cáncer terminal que acabó con ella en solo dos meses. Cuando el médico nos dio el diagnóstico, lo recibimos como un gran mazazo. Llevaba con nosotros treinta y seis años y era una más en la familia. Aunque hacía ya tiempo que yo me había independizado, hablaba por teléfono con ella casi tanto como con mis padres, que la seguían manteniendo con ellos en esta casa. Sospecho que con el tiempo se llegaron a convertir en amigos o en algo más fuerte por ese secreto tan grande que compartían. Cuando mis padres me aseguraron que el final de Micaela estaba cerca, no dudé en mudarme aquí de nuevo. Quería estar con ella, devolverle todo el amor que me había dado durante toda mi vida. Mis padres se volcaron en su cuidado con un cariño inmenso y se aseguraron de que tuviera siempre todo lo que necesitaba. La noche de su muerte, en un acto de generosidad que jamás podré agradecer a mis padres, sucedió algo que cambiaría mi vida. Mis padres me pidieron que entrara con ellos en la habitación de Micaela. Tocaba despedirse. No sabía cómo afrontar aquello porque nunca había visto morir a nadie tan querido. Mi madre, rota de dolor, me pidió que cogiera una de las manos de Micaela. Me senté al borde de la cama y eso hice. Ella, sentada en el otro lado y con las manos de mi padre en sus hombros, le cogió la otra. «Micaela —le habló—, amiga mía, mi hermana. Nunca te he dicho cuánto te quiero. Sabes que nos cambiaste la vida con tu inmensa generosidad y siempre he temido no haber estado a la altura contigo durante todo este tiempo. Tengo que devolverte algo que tú me diste hace años pero que siempre ha sido tuyo. Viví obsesionada con el temor de que me lo quitaras a pesar de saber que tu corazón es tan grande y tan sólido que jamás lo habrías hecho. Aquí está nuestro hijo, Micaela. Tu hijo. Sí, es tuyo, Micaela. Perdóname, por favor, por haber sido tan egoísta y habértelo arrancado, por haberte privado de que oyeras cómo te llamaba ⌧mamá”. Perdóname, Micaela, perdóname». Yo no entendía nada, pero a la vez, no sé cómo ni por qué, lo entendí todo. Y necesitaba, necesité, que Micaela, que mi madre, supiera que por fin lo sabía, que sabía que ella era mi verdadera madre y que la quería con toda mi alma. Con una entereza que no sé de dónde saqué, me acerqué a su oído y le susurré: «Te quiero, mamá, siempre te he querido y siempre te querré». Abrió los ojos, me sonrió, nos apretó las manos y expiró.

Cristóbal se levantó y desapareció por una de las puertas. No era capaz de seguir. Pensaba que podría llegar hasta el final, pero no podía canalizar tantas emociones. No podía seguir exponiéndose de esa forma. Se tranquilizó como pudo, se refrescó la cara y volvió a su lugar:

—Después del entierro de mi madre, mis padres me lo contaron todo sin omitir ni un solo detalle. Mi primera reacción fue revolverme contra ellos gritándoles y echándoles en cara que me hubieran «comprado» de alguna forma, pero les perdoné porque entendí que, gracias a ello, también mi madre había tenido una vida mejor y, lo que era más importante para ella, había estado cerca de mí. Mi madre Elena sabía de vuestra existencia porque mi madre se lo había contado en el hospital cuando se conocieron, pero no fue hasta después de la muerte de Micaela, de mi madre, cuando, haciendo limpieza en su habitación, Elena encontró el papel, ya amarillento y desgastado, con vuestros nombres. Me lo dio y me dijo que hiciera con él lo que creyese justo, si es que creía que tenía que hacer algo. Al año siguiente, hace cuatro años ya, mi padre vendió la farmacia y se jubiló. Murió de un derrame cerebral a los tres meses. Mi madre Elena tiene la enfermedad de Alzheimer y está ingresada en una clínica donde recibe toda la atención que necesita. Hace un par de años rescaté el papel con vuestros nombres de entre las cosas que guardé de mi madre Micaela y decidí buscaros. —Hizo una pausa—. ¿A alguien le apetece una copa? Yo la necesito.

Se levantó y se acercó al bar, de donde sacó dos botellas de vino. Las abrió y vertió su contenido en un par de escanciadores que llevó hasta la mesa.

—No sé qué decir —dijo Tomás sin apartar la mirada de la copa, aún vacía, que tenía delante.

—Yo sí —intervino Agustín. Cristóbal no quería escuchar nada de lo que tuviera que decirle, pero sabía que no tenía opción—. En primer lugar, y por favor no me interrumpas —se dirigió a Cristóbal—, déjame decirte que debes creerme cuando te digo que te amo con todo mi ser y que has sido y eres la persona más importante de mi vida.

—¡Menuda sorpresa! —lo interrumpió Camilo—. Lo sabía, sabía que eras maricón, siempre lo he dicho. ¿A que sí? —preguntó dirigiéndose a los demás, que lo ignoraron.

Cristóbal no lo miró siquiera, así que continuó:

—Te mentí, sí. Hace tiempo que renegué del apellido De Paula, desde la noche en la que mi padre me dio tal paliza tras de sacarme de la cárcel, adonde me llevaron cuando me detuvieron en una redada en la universidad, que tuve que pasar tres días en la cama incapaz de moverme. Le confesé que era homosexual y ahí empezó mi calvario. Me gritó, me golpeó y me humilló. En cuanto me pude levantar, recogí mis cosas y me marché. Desde ese momento, empecé a usar los apellidos de mi madre, los que tú conoces, para todo lo que no fuera oficial. Gracias a ella, pude acabar mis estudios y graduarme porque me estuvo mandando dinero a escondidas de mi padre. Nunca volví a mi casa y fue con ella con la única que mantuve contacto hasta que murió hace ya algunos años. También acorté mi nombre como pude y empecé a presentarme como Gus para desvincularme en la medida de lo posible de mi pasado, ya que hasta mis hermanos me devolvían las cartas que les escribía, imagino que influidos por mi padre. La rabia me llevó a experimentar con todo lo prohibido por entonces, a meterme en peleas, a recibir palizas por maricón… Fueron años de mucho sufrimiento. Cuando Pilar, la secretaria de la facultad, me llamó para contarme lo de tu visita, me pudo la curiosidad y por eso te llamé. Empezamos a quedar y me extrañó que no me contaras por qué buscabas a Agustín de Paula, pero no quise indagar por miedo a que eso te apartara de mí. Me estaba enamorando y no quería perderte.

Hizo una breve pausa para aclararse la garganta y beber un poco de agua antes de continuar.

—Cuando acabé mis estudios y pude montar mi propio despacho, lo hice a nombre de una sociedad mercantil para evitar el uso de mi nombre y mis apellidos verdaderos porque no quería que nadie me relacionara con mi padre. Como no podía cambiármelos legalmente, contraté una dirección postal en la que recibir el correo con mis verdaderos datos, esa a la que me enviaste la invitación, Cris. —Lo miró sin ser correspondido—. Reconozco que dudé mucho antes de venir, pero soy curioso por naturaleza y tú no ibas a estar en casa, sino en una reunión con uno de tus clientes todo el fin de semana, ¿no es así?

Cristóbal estuvo a punto de responderle, pero Agustín no lo dejó.

—Es mi turno, por favor. Aquella noche…, aquella maldita noche, habíamos bebido todos, menos Rodrigo. Yo me aburría en casa de mis abuelos y pedí permiso a mis padres para adelantar mi vuelta.

Llamé a Mateo, Tomás y Camilo por si podíamos vernos y se mostraron encantados. Recuerdo que Mateo estaba un poco a disgusto porque tendría que acompañarlo su primo Rodrigo; estaba con su familia en casa de sus tíos y no veía forma de librarse de él.

Rodrigo lo interrumpió:

—Lo acompañé más por él que por mí —dijo mirando a Mateo— porque sabía que a su madre no le haría gracia que saliera a esas horas, así que me ofrecí a ir con él, pero ojalá poder volver atrás en el tiempo —se lamentó.

—Decidimos —continuó Agustín— ir a mi casa y vaciar algunas de las botellas que mi padre guardaba en su despacho. Permíteme que no me extienda mucho más a partir de aquí porque no quiero hacer más daño del que ya hemos hecho, pero quiero que sepas que ni Rodrigo ni yo intervinimos. ¿Me libra eso de toda culpa? No, porque pudimos evitarlo y no lo hicimos, porque los dos fuimos unos cobardes, porque yo no quería darles la razón cuando me decían que me negaba por maricón y yo me escudé en un dolor de cabeza que no existía. Lo siento tanto, amor, lo siento tanto… —se rompió.

—¡No te atrevas ni por un solo segundo a llamarme amor! —escupió Cristóbal.

Rodrigo lloraba amargamente y empezó a hablar como pudo.

—Yo acepto toda mi culpa, llevo penando por ella desde esa noche y no descansaré hasta el momento de mi muerte. —Se levantó, se volvió de espaldas a la mesa y se quitó la camisa para que todos pudieran ver, con cara de absoluto asco, la masacre que formaba un amasijo de carne, cicatriz sobre cicatriz, que en algunas zonas no era más que sangre seca reciente.

—¿Qué has hecho, demente? —gritó Mateo—. Siempre supe que eras un fanático, pero no hasta este punto.

—Lo que debía hacer —respondió Rodrigo. Se volvió a Cristóbal—. Cristóbal, yo no te pido perdón porque no lo merezco. Me bloqueé ante semejante imagen tan… atroz, injusta y asquerosa. Me quedé allí inmóvil, mirando, como en una pesadilla, y no supe actuar. No supe reaccionar. ¡Lo siento, lo siento, lo siento! Siento haber sido un cobarde —se volvió a romper—. No sé cuánto tiempo viviré, pero juro por lo más sagrado que lo haré como hasta ahora el resto de mis días.

—Bueno, bueno, bueno… —comenzó Camilo—. Imagino que es mi turno.

Todos, menos Mateo, lo miraron, incrédulos.

—¿Tú te crees que esto es un juego? —le recriminó Tomás—. Te juro que lo que más me apetece ahora mismo es partirte esa puta boca de la que no salen más que mierdas.

—Vale, hombre, tampoco es para que te pongas así —respondió Camilo, molesto por la interrupción más que por el reproche—. Tengo que decir que no es que esté orgulloso de lo que hicimos esa noche, pero éramos jóvenes, habíamos bebido... Y ya sabemos que una cosa lleva a la otra. Eso ha sido así desde el principio de los tiempos. Los hombres tenemos unas necesidades que debemos satisfacer. Ojo, que no quiero ofender a nadie, que simplemente estoy exponiendo por qué suceden estas cosas.

Tomás dio un fuerte puñetazo encima de la mesa, se levantó, se acercó a Camilo y lo cogió por el cuello:

—Te juro por lo más sagrado que si salimos con vida de aquí, porque no sé si alguno se lo ha planteado, pero imagino que Cristóbal nos tendrá algo preparado, te voy a abrir la cabeza con mis propias manos y te voy a sacar tu puto cerebro enfermo. —Lo soltó y volvió a su sitio.

Ante la apreciación de Tomás, todos volvieron la cara hacia Cristóbal, menos Camilo, que hacía esfuerzos por recuperar la respiración.

—A pesar de que quiero que tengáis claro que lo que menos me apetece es seguir escuchando cualquier comentario sobre lo que pasó aquella noche, necesito saber, así que quiero escuchar lo que tengáis que decirme tanto Mateo como Tomás —dijo Cristóbal.

—Empiezo yo —se ofreció Mateo—. Nunca me ha importado nadie más que yo mismo. Sí, es duro comenzar así, pero es la pura realidad. Creo que no he sido más sincero en mi vida, ni siquiera en la sagrada confesión. ¿Por qué? No lo sé, quizás porque me obligaron a dedicar mi vida a algo que nunca quise, porque así evitaba que nadie pudiera hacerme daño o simplemente porque estoy enfermo. No, enfermo no, porque una enfermedad puede utilizarse como excusa, y excusarme no es lo que quiero. Lo que sucedió aquella noche fue sencillamente imperdonable. Lo supe desde la mañana siguiente, una vez pasados los efectos del alcohol. ¿Y qué hice desde ese mismo momento? Obligarme a olvidarlo y no dedicarle ni un solo segundo de mi vida porque sabía que el remordimiento me consumiría, así que hice como si aquello nunca hubiera sucedido y seguí comportándome como un miserable, que era lo más sencillo. Sí, así de simple. No sé cómo, pero tuve esa capacidad para borrar uno de los episodios más injustificables en los que jamás haya participado. Y ahora, de golpe y porrazo, me encuentro con que, de aquello, podría tener un hijo. —Dio un largo trago de la copa de vino que tenía delante y miró a Tomás como queriendo cederle la palabra y que los demás dejaran de centrar su atención en él—. No tengo nada más que decir.

—Yo no voy a justificarme en absoluto —comenzó Tomás—. Es tanta, pero tanta la humillación que siento en estos momentos, y que he sentido todos y cada uno de los días desde entonces que no sé ni cómo empezar. Sin llegar a los extremos de Rodrigo, y a pesar de mi vida en apariencia perfecta y alegre, ni un día, ni un solo día he dejado de pensar en lo miserables que fuimos aquella noche. No tuve el valor, ¿cómo tenerlo?, de acercarme a ver cómo estaba Micaela, a disculparme... ¿Disculparme? ¿Cómo podría alguien pedir disculpas por un acto así? ¿Cómo podría nadie perdonar por algo así? Todo era ridículo. Nada de aquello tenía que haber pasado. Ninguno de los cinco tuvo el coraje de pararlo. Siento tanto, pero tanto asco ahora mismo por todo lo sucedido que no sé ni cómo continuar. —Hizo una pausa—. Creo que en eso coincidimos todos, en que fue..., no sé ni cómo definirlo por lo terrible. Si en algo estuvimos de acuerdo, a pesar de que nunca lo hablamos, fue en no volvernos a ver jamás. No habríamos podido mirarnos a la cara. No puedo decir más, Cristóbal, porque para algo que es injustificable no existen palabras que valgan.

Se hizo el silencio en el salón, cada uno perdido en sus pensamientos. Al cabo de un rato, volvió a hablar Cristóbal:

—Como dijo antes Tomás, sí, efectivamente, he estado mucho tiempo pensando en qué hacer con vosotros. Quería vengar a mi madre por tanto dolor, porque no hay nada más cobarde que cinco... tipejos abusando de una chiquilla. Me consumía la rabia, y lo único que me consolaba era pensar que alguna vez la vengaría. ¿De qué forma? No estaba seguro, pero tenía claro que sería aquí, donde podría reuniros a salvo de vecinos o viandantes. ¿Y qué haría a continuación, os mataría? ¿Cómo? Durante el tiempo que pasé en la farmacia de mi padre, aprendí también a preparar fórmulas magistrales. Sí, sé preparar distintos tipos de venenos para matar a una persona. Y he aquí la prueba. —Sacó del bolsillo de la chaqueta una botellita que contenía líquido en su interior—. La idea era echarlo en el vino —todos miraron con horror los escanciadores y sus propias copas—, pero no lo he hecho —aseguró dejando la botellita encima de la mesa—. También podría, por ejemplo, abrir el gas y cerrar la casa con vosotros dentro. No sé si os habéis fijado, pero no hay ni una sola ventana sin rejas en toda la casa. Pero he decidido que no quiero hacer nada de eso, no tengo fuerzas. Estoy agotado y me he dado cuenta de que lo único que quería era saber. Me quedo con que mi madre fue siempre una mujer buena e íntegra a la que vosotros jamás, jamás, le llegaréis a la suela de los zapatos. —Los miró fijamente uno por uno y, finalmente, se levantó—. Me marcho. Si queréis cenar, en la cocina hay comida fría preparada.

Todos lo miraron con estupor. A continuación, se dirigió a Agustín:

—No quiero que me llames ni me busques. Ni se te ocurra hacerlo. Enviaré a alguien a recoger mis cosas.

Dicho lo cual, salió de la casa sin mirar atrás. Al cabo de unos minutos, se oyó el motor de un coche que se alejaba.

FINAL

Cuando el lunes siguiente el jardinero llegó a podar los árboles y cortar el césped como cada semana desde hacía años, le extrañó ver cuatro coches aparcados dentro de la finca. Como al terminar su jornada aún no había visto salir a nadie de la casa, decidió asomarse desde fuera a uno de los ventanales del salón.

La policía no pudo más que certificar la muerte de cinco varones adultos sentados alrededor de una mesa que contenía los restos de una cena que había sido, sin duda, abundante.

ÍNDICE

PRIMERA PARTE 7
1949 9
Micaela 9
1948 11
1990 17
Camilo Beltrán 17
1948 25
1990 29
Mateo Amado 29
1948 33
1990 37
Rodrigo Balboa 37
1948 43
1990 47
Tomás de las Canteras 47
1948 53
Hasta 1990 59
Agustín de Paula 59
1949 65

SEGUNDA PARTE 71
1990 73
Cris y Gus 73
Cris 75
Gus 76
Cris y Camilo Beltrán 77
Cris y Mateo Amado 81
Cris y Rodrigo Balboa 84
Cris y Tomás de las Canteras 86
Cris y Agustín de Paula 89
Cris 93

TERCERA PARTE 97

FINAL 125

www.ingramcontent.com/pod-product-compliance
Lightning Source LLC
LaVergne TN
LVHW090046160826
845672LV00015B/1577

* 9 7 8 8 4 0 9 6 2 9 7 0 1 *